庫

撃攘

「東海のドン」平井一家八代目・河澄政照の激烈生涯

山平重樹

徳間書店

目次

序章　任侠浪漫の士

1

昭和五十八年七月二十六日、東海地方は例年より一週間遅れで梅雨が明け、夏の日差しこそ強かったものの、久しぶりに爽やかな空気に包まれた。

この日、正午前に、蒲郡市五井町西山海道の瀬戸一家総裁小林金治邸を訪れた河澄（かわすみ）政照（まさてる）の心境も、天候同様、このうえなく清々しかった。

小林金治との三十分ほどの話しあいを終えた河澄は、気持ちよく小林邸を出た。

この日の河澄の訪問は、話しあいというより、今回の一件で先に豊橋に河澄を訪ねてきてくれた小林に対する返礼といっていいものだった。

長びいた抗争の手打ち式を明日に控えて、もはや両者の間で話しあうことなど何もなかった。しいていえば、手打ちの最終確認の意があったのかもしれない。

それでなくても同じ三河で、平井一家、瀬戸一家という幕末に端を発する中京でも名うての名門の八代目を預かる者同士、かねて親しい間柄であった。

河澄は渡世上の大先輩である小林金治をつねに立てていたし、小林は小林で、河澄に対し、今後の中京任俠界を背負って立つ男として大いに期待をかけていた。

そんな両者の間で抗争が勃発するのは、これより約四十日前——六月十八日のことだった。

河澄が代表をつとめる運命共同会に加盟する名古屋の組織と、瀬戸一家の下部組織との対立抗争であった。愛知県丹羽郡大口町での衝突を皮切りに、名古屋や津島、豊田などで互いの関係者宅や関連店舗、事務所、系列組長への拳銃発砲事件が連続して起こり、激しい報復戦の応酬が展開されたのだ。

軽傷者が出ただけで死者こそ出なかったが、銃声はしばらくの間、鳴り止まなかった。

だが、拡大激化が懸念された両者の抗争も、翌七月初旬になると、ようやく地元筋による手打ちの動きが出てきた。仲介の労を買って出たのは、稲葉地一家総裁の伊藤信男、平野家一家総裁代行の佐藤安吉の二人であった。

河澄、小林の意を汲んでのものだが、そうした動きに呼応して、当事者組織同士もいったんは停戦状態に入った。七月中旬には、双方の当事者トップもそれぞれ地元署に出頭し、抗争の終結を申しいれた。

やがて河澄と小林も、抗争の実質的な和解終結――手打ちに向けて調停に乗りだした。そうした両者の奔走が実を結んで、ついには手打ち式の日どりが決まるまでにこぎつけたのだった。

河澄は小林金治との和やかな会談を終えて小林邸を出るや、

〈もともとそんなにこじれるような性格の喧嘩やないのに、思いもよらず長びいてしまった。まあ、なんにしろ、最悪の事態にならんでよかった。小林総裁もホッとされとったなあ〉

晴れ晴れとした思いで、青空を仰いだものだ。

石垣で囲まれた数寄屋造り（すきや）の豪邸である小林邸は、愛知県下の温泉郷・三谷（みや）温泉から、山の手に北方三キロの地にあった。風光明媚な五井山の麓の斜面に立ち、周囲には同地特産のミカン畑が広がり、二百坪の庭には手入れの行き届いた植木が程よく植込（うえこ）まれていた。

河澄がその小林邸を出たのは、午後零時三十分のことで、小林金治、瀬戸一家側近幹部、河澄、次いで二人の河澄側近、小林姐——という順であった。

玄関先から駐車場まではおおよそ二十メートルの距離だった。先頭の小林に続いて、小林の側近たちに囲まれた河澄が、ゆったりとした足取りで歩いていく。その背を、小林姐が玄関先で見送った。

小林邸前の道路は幅四メートル、道路沿いにはミカン畑の防風林用の樹木がびっしりと植えられている。夏の訪れで木々の葉は生い繁り、ミカン畑の中を見通すことも適わなかった。

異変が起きたのは、まさに河澄が駐車場まであと一歩というところまで来たときのことだった。

突如、ミカン畑の中からストッキングで覆面をした三人の男が飛び出してきたのだ。

それはまったく予期せぬ出来事で、いったい何が起きたのか、誰にも瞬時には理解できなかった。

覆面男たちの手に手に握られた拳銃。その銃口がピタリと河澄に向けられている。二、三メートルの至近距離。三人から発せられる異様なほどの殺気。

だが、その殺気にも河澄は動じなかった。いきなり目の前に現われた男たちを、不思議そうに黙って見遣(みや)った。

直後――、

「パーン！　パーン！　パーン！」

という破裂音が青空に響きわたった。

三人組は河澄目がけ、七、八発の銃弾を乱射したのだった。

胸と腹に目も眩(くら)むような衝撃を受けながらも、河澄はカッと目を見開き、うめき声ひとつあげずにヒットマンたちを睨(にら)みつけた。

凄まじい眼光であった。

これに一瞬たじろいだのは刺客たちのほうであったが、河澄はすぐに力尽き、その場に頽(くずお)れるように斃(たお)れこんだ。

それでも刺客たちには、まだ信じられなかった。なにせ相手は〝東海のドン〟と謳(うた)われた男なのだ。いまにも起きあがってくるような気がしてならない。

刺客の一人が、斃れた河澄にやにわに近づくや、その真上から一発撃ちこんだのは、そうした幻影と恐れとを吹き飛ばすために他ならなかった。

三人のヒットマンは〝仕事〟を終えると、それまで身を潜ませていたミカン畑に向かって脱兎(だっと)のごとく逃走していく。

すべてはアッという間の出来事で、その場にいた者たちには何が何やらわからなかった。

「総裁！」

事態に気づいた側近が、目を血走らせ真っ青な顔で河澄のもとに駆け寄ってくる。それはボディガードたちが三台の車を駐車場から出そうとして、ドンから離れたほんの数秒の隙を突いた襲撃であった。

いや、たとえぴったり付いていたとしても、はたしてドンの弾よけとなって動けたかとなると、難しかったに違いない。それほどヒットマンたちの現われかたは急であり、至近距離からのものであり、用意周到であった。

蒲郡市民病院に運びこまれた河澄の容態は、出血多量で手の施しようもなかった。河澄政照が死去したのは撃たれてから二十分後、午後零時五十二分のことだった。胸と腹に三発の実弾が残っており、致命傷となったのは胸の二発で、肺を大きく傷つけ死因は失血死であった。享年五十六。

河澄は全国の親分衆との交流も広く、「中京に河澄あり」といわれる一方で、その密葬には大勢の市民が駆けつけるなど、カタギ衆にも大層人望のある親分だった。

2

東海日日新聞の前身である東三新聞の創立者にして、随筆誌『燕雀』を主宰、詩人・随筆家・書家・美術評論家として知られる豊橋の名士・杉田有窓子も、河澄とは互いの家を行き来するほど親交を結んだ一人であった。

互いに住む世界が違い、年齢も親子ほど離れていたのに、二人は不思議に気が合ったのだ。杉田は年少の河澄を弟とも息子とも思って接し、河澄もまた杉田に対し、敬愛の念を抱いて師事していた。

杉田は河澄の不慮の死を深く嘆き、「燕雀」誌上でこんな哀悼痛惜の辞を述べた――。

《私はこの人物と交際してみて、最も深い感銘を受けた。広い教養と、人間に対する深い心遣い、典型的な律義さ、稀れにみる天晴れな説得力、自分を日陰者と謙抑して決してその線を外すまいとする気持ち、仲間内に出来る限り平和を保ち争いをとどめ、市民生活を脅すまいとする決断、反骨の烈気に燃えながら持ち続けた任俠道への捨身の思慕などを、つくづくと彼に感じたからである。

こうした人物は、私の交際してきた人間の中では第一級のそれだった。何の故か、彼は私ごとき粗狂の人間に人生の師を見出し我子も出来ぬほどの細やかな心遣いを寄せてくれた。私の晩年を飾った奇しくもたのしい思い出である。彼の説得力を評しえて功妙な「河澄節」なる言葉は、いまや彼の世界に響き始めたのに、朝陽を受けてにおうように咲きいでんとする山桜の蕾の、一夜の嵐に散るごとく、一瞬にして散ってしまったのである。

天、もし彼に十年の齢を貸したならば、東海道遊俠世界の状勢はいかが相成ったであろうか。切歯する者は私ひとりではない筈だ

《河澄君は時々、やくざの世界がつくづくイヤになった。柿畑でもやって人里離れた処で暮らせたら、とこぼしたことを私は耳にしている。この人もまた出離の気持ちを、絶えず心の一隅に抱いてきた人だった。射たれた晩、私は横臥した彼の額にくちづけし、頭をかき抱いて流涕した。その額のつめたさは死ぬまでわが唇にのこるにちがいない。

彼が愛誦してやまず、私をして三十枚におよぶ書をかかせて諸方へ送った、史記游俠列伝中の一節をしるしておく。

『ソノ行正義ニ合ワズト雖モ、ソノ言ハ必ズ信、ソノ行ハ必ズ果ス。一タビ諾スレバ

必ズ誠、ソノ身ヲ惜シマズ士ノ困厄ニ赴キ、存亡死生スルモソノ能ヲ誇ラズ、ソノ徳ヲ誇ルヲ恥ズ』》

河澄射殺さる――の一報を耳にしたとき、杉田有窓子はにわかには信じがたかった。そんなバカなことがあってたまるか、とわが耳を疑い、何かの間違いとしか思えなかった。

だが、ともかく真偽を確かめようと、勝手知ったる多米町の河澄邸に足を運んだところ、その変わり果てた姿を目にして、初めてそれが厳とした現実であることを知ったのだった。

〈――河澄君、君とのつきあいはどれほど愉しかったことか……〉

目の前で物言わず横臥する友の名を胸の内で呼び、往時の交流を偲ぶと、目頭が熱くなってきた。

地元の共通の知人に紹介されて二人の交流が始まったのは、十一年前、昭和四十七年ごろだったように、杉田は記憶していた。

それはちょうど河澄が大阪の山口組系組織との抗争事件で長い間服役し、その刑期を終えて出所してきたばかりの時期であった。

最初に会ったときから、杉田は強く惹かれるものがあり、

〈ああ、この人物とは長い濃いつきあいになるな〉

との直感があったのを鮮やかに憶(おぼ)えていたが、まさしくその通りの展開になったのは天の配剤(はいざい)というしかなかったろう。

〈そういえば、私の自宅で森信三先生に河澄君を会わせたことがあったけれど、たった二十分ほどの対面でしかなかったのに、その晩、先生は尼崎の自宅から電話をくれたことがあったっけなあ……〉

杉田は思い出していた。

森信三は元神戸大学教授で、わが国教育界の大家であり、「修身教授録」「哲学叙説」「恩の形而上学」などの著作がある高名な哲学者であった。「人生二度なし」の真理を根本真理とし、「全一学」という宇宙の哲理と人間の生きかたを探求する学問を提唱し、自ら実践を重ねた。

その森信三から杉田への電話は、

「あの河澄という人の相は、宗教家とか思想家において稀に見られる貴重な相である。私がもし女ならば、二号や三号とはいわないが、せめて九号か十号くらいにしてほしい。森がそう言っていたと確かに伝えてくださいよ」

というもので、その後も哲学者は河澄に対して変わらぬ関心を抱き続けた。

これには杉田も驚くと同時に、さもありなんという感慨を抱かずにはいられなかった。

〈教育界・思想界のあれほどの大家をして、そこまで惚れさせるんだから、その一事を以ってしても、河澄君という人物はやはり只者じゃなかった……〉

河澄とのあれやこれやを思い出すにつけ、杉田にはその死が惜しまれてならなかった。

杉田が河澄という人物の芯に触れるような逸話を聞いたのは、何年前のことだったろうか。いや、ついこの間のことだったような気がする。

河澄と二人でいるときはめったに彼の住む任俠世界の話などしたことはなかったのだが、たまたまそんな話になったのは、杉田のほうから持ちだしたからだった。

いくらそちら方面の世界に疎く（うと）ても、山口組や三代目田岡一雄組長の名前ぐらいは杉田も知ってはいて、関心がなくもなかったのだ。

その三代目が世を去り、跡目問題などもあって、山口組が内部的にやや混乱を来たしているとの情報が世間にも伝わってきていたときのことだ。

そんな折、河澄は中京地区の関係筋から、

「いまこそ中京勢の大同団結を図り、一本化するまたとないチャンスではないか。ついてはこの際、河澄総裁にはその大結集の旗頭になってもらいたい」

と強く勧められたことがあったという。

もともと中京地区のヤクザ界は昔からよそ者を受けいれない排外主義、ありていに言えば〝反山口組〟の傾向がことさら強い地域として知られていた。

そうしたことを踏まえて、豊橋を一本化し、昭和三十九年の〝豊橋抗争〟で山口組の進出を阻んだ実績があり、中京勢をまとめられる器量・手腕・貫禄とも申し分のない親分として、河澄に白羽の矢が立てられたのだった。

だが、その要請に対する河澄の答えは、ノーであった。

そのことを人伝てに聞いていた杉田は、なぜ辞退したのか、その疑問を直接河澄にぶつけたことがあったのだ。

河澄の答えは、

「確かに中京勢の大結集というのは、自分の年来の望みではありますが、人さまの不幸に乗じたり、弱みにつけこんだりという形でその挙に出るのは、わが主義に反することです」

というものであった。

これを聞いて、杉田は、

た。

〈なるほど、この男はサムライよ、任侠浪漫の士よ〉

と唸(うな)らざるを得なかった。

そんなことを思い出すだに、年少の友の永眠する枕辺で、杉田は泣けてならなかった。

3

その日、愛豊同志会副会長兼西三河風紀部長をつとめる安城市の井上一家六代目竹内孝が、事件を知ったのは、旅行先の三河湾の日間賀島(ひまかじま)海水浴場でのことだった。

そこへは前日から大勢の若い衆を連れて慰安旅行を兼ねて海水浴に来ていたのである。

昼過ぎ、ビーチからあがってホテルに戻ると、留守番の事務所当番から電話が入った。

竹内が出ると、受話器の向こうから、

「大変です。河澄総裁が撃たれました！」

と切迫した声が伝わってきた。

が、竹内は端（はな）からそれを信じず、

「バカヤロ、何を寝言言ってるんだ。河澄の親分が撃たれるわけねえじゃねえか。今日は蒲郡の小林総裁のとこへ表敬訪問に行ってるんだぞ。そんなわけねえだろ！」

相手を怒鳴りつけた。

「はい、ですが、確かに……」

「いいからもう一回、誰が撃たれたのか、よく調べてみろ。間違えんなよ」

あり得ぬ話としか思えない竹内は、不快感も露わに電話を切った。

それでも側近に、

「おい、ちょっとテレビつけてみろ」

と命じ、自分でも確かめようとした。

すると、テレビのスイッチを入れるや否や、いきなり画面いっぱいに河澄政照の顔が大写しになった。ちょうど昼のニュースを放映しているところで、蒲郡の小林金治邸前での拳銃発砲事件を報じているのだった。

竹内は唖然（あぜん）として声もなかったが、すぐに気を取り直し、

「蒲郡へ行くぞ！　すぐ仕度しろ！」

と若い衆たちに怒鳴った。いったい撃たれた河澄総裁は無事なのかどうか、一刻も

早く病院へ駆けつけて様子を知りたかった。

ただちに出発の準備にかかる若い衆たちを見ているうちに、竹内に妙案が浮かんだ。

「待て。船だ！　ボートで行ったら速いだろ。漁師に船を頼んでこいよ」

速いボートなら、日間賀島から蒲郡の港までわずか三十分で着くはずだった。

幸い船が用意でき、竹内は三人の幹部を連れ、すぐさま蒲郡へと向かった。

それにしても——と、竹内は道々考えた。

カラオケに絡んだ揉めごとに端を発する今度の抗争は、もう完全に話がついて終結となったのではなかったか。

十日ほど前、豊橋の河澄政照邸において、愛豊同志会、瀬戸一家双方から河澄、小林金治両総裁を始め六人ずつの幹部が出席して話しあいを持ち、条件を詰めた結果、和解終結という結論となり、互いに納得しあったのだった。

当の竹内がその話しあいに出席した一人であったから、それは紛うかたなき事実であった。

この日の河澄の小林邸訪問にしても、先に小林が河澄邸に足を運んでくれたことに対する返礼であり、いわば〝表敬訪問〟的な意味あいが強かった。

最初は三日前の七月二十三日に日どりが決まり、竹内も河澄に同行する予定であった。

だが、直前になって小林側の都合が悪くなり、二十六日に予定変更になったことで、竹内には少しばかり困った事態になった。二十六日には、若い衆たちと三河湾・日間賀島へ海水浴に行くスケジュールを組んでいたからだ。

その話を伝え聞いた河澄が笑って竹内に言った。

「おまえ、来んでええ。たまには若い衆に骨休みさせるのも大事なことだで」

これには竹内も恐縮し、

「わかりました。総裁、お言葉に甘えさせてもらいます」

と応え、日間賀島行きが実現したいきさつがあったのだ。それができたのも、厄介な抗争もようやく話しあいがついて、もはや何ら心配ないとの確信があったからだった。

まさかその一件で河澄が狙いにかけられようなどとは、竹内はもとより他の誰にも想像さえできなかった。

病院に駆けつけた竹内の前に現われたのは、河澄の側に付いていた代行の河合廣であった。

「どうだ、大丈夫か？」

代行に対して、言葉づかいも非礼になるほど、竹内はカッカしていた。

「………」河合は力なく首を横に振った。

「——亡くなられたのか……」

竹内は愕然となった。次いで怒りがムラムラと湧きあがってきた。

「よし、引きあげるぞ！」

もはや竹内の胸には、報復の一念しかなかった。


愛豊同志会にあって、竹内と同じ副会長であり、竹内の西三河に対して、豊橋で渡世を張る中川功は、東三河風紀部長という役職を兼ねていた。

その日、中川が河澄の奇禍を知ったのは、蒲郡競艇場へ入場してすぐのことだった。入場するなり、よく知る他組織の男が中川を見つけてあわてて駆け寄ってきた。

「こんなことやっとって大丈夫ですか？」

「何だい？」

「河澄さんが殺されましたよ」

「——てめえ、ウソじゃないだろうな」

「間違いない。ニュースでもやっとったよ」

「……！」

中川は声を吞んだ。到底信じられることではなかった。

「まさか……」中川は呆然となり、そのまま豊橋の愛豊同志会本部へと飛んで帰った。

本部は騒然としており、河澄政照の死が、嫌でも現実であることを思い知らされた。

〈河澄総裁……〉

東海一の親分を失ったという痛恨極まりない思い。

思えば三十年を超える交流があった。その強い絆と深い信頼関係。

同い歳の二人が躰を張って〝吾妻屋事件〟を引き起こしたのは、互いにまだ三十そこそこのときだった。

〈河澄総裁……〉

中川は胸の内で再びその名を呼び、河澄との熱き日々に思いを巡らしていた——。

第一章　虚無と無頼

1

中川功が初めて河澄政照と会ったのは、戦後間もない時分、互いに二十五歳のころだった。

名古屋・代官町の喫茶店で、伊藤利一という高目の者と珈琲を飲んでいたときのことだ。

伊藤利一は、〝中京七人衆〟といわれ、「代官町の大さあ」で名を馳せていた実力親分・浅野大助の一の舎弟であった。

中川は名古屋の浅草といわれる大須で伊藤と知りあってからというもの、大須の入口の時計屋二階に住む伊藤の部屋に四六時中出入りするような間柄になっていた。

もともと中川の親分である稲葉地一家の中村真人と、伊藤の兄貴分の浅野大助とは、同じ代官町を地盤にして仲もよかった。そんなこともあって、伊藤は中川を可愛がったのだろう。

さて、二人が喫茶店にいると、そこへたまたま伊藤に用事があって訪ねてきた若者があった。

伊藤がその者の用件を聞き終えると、

「御苦労さん」

とねぎらった後で、中川に向き直り、

「ちょうどいい。紹介しとくで。これ、オレの舎弟でな」

得意そうに言ったのは、自慢の舎弟であるからとは、中川にも察しがつくことだった。

その男が、浅野大助一統の河澄政照であった。

二人は初対面の挨拶を交わした。

河澄は背こそ低かったが、男っぷりもよく、目に強い光が感じられた。

聞くと、中川と同じ歳という。

中川は張りあう気持ちより、なぜか相手に対して爽やかな好印象を抱いた。

愚連隊気質が抜けず、相手が誰であれ、初対面の〝同業者〟には、「安目は売らん」とばかりに、突っ張ってしまう中川には、珍しいことだった。

「仲良くしてくれよ」

伊藤が笑みを見せて言った。

その日はよくよく話もせずに別れたが、以後、一家こそ違え、ともに豊橋に腰を据え、三十年にわたる濃密な交流を重ね、生涯にわたって敬意を抱く相手になろうとは、このときの中川にはまだ知るよしもなかった。

豊橋で生まれ育った中川が、終戦の日を迎えたのは十九歳のときで、召集令状が届いたのはそれから五日後のことだった。

五日違いで兵隊に行きそびれた中川は、戦後、愚連隊街道をまっしぐら、派手に暴れまくる日々を送った。多くの舎弟もできて、やがて近くの八剱(やつるぎ)神社にちなんだ「八(や)剱(つるぎ)団」という愚連隊組織を旗あげする。

豊橋も御多分に漏れず、空襲による被害は甚大で、戦争が終わると街は見渡す限り焼け野原になった。国鉄豊橋駅前から神明町のほうにかけて広範なヤミ市も広がった。

ある日、中川は同じ八剱団の兄弟分である石田充利とともに、新開地の遊郭街を歩いていた。妓(おんな)を冷やかしながらブラブラしていると、

「おい、中川」

と呼ぶ声があった。

声のするほうを見あげると、すぐ斜め右上の二階に、知った顔があった。

地元テキヤの三虎一家二代目佐野富美男で、そこは親分の住まい兼事務所であった。

「何ですか」

中川にすれば、しょっちゅう出入りしていて、可愛がってもらっている相手だった。

二まわり近く歳上の親分である。

「ちょっとあがってこいや」

中川が石田と一緒に二階にあがっていくと、部屋には三虎一家二代目佐野富美男の他に、後にその跡目をとる佐野正晴、浪崎重一、彦坂登、〝ノッポ川〟こと河合典郎ら一家の面々がそろっていた。

「おお、中川、元気にしとるか」

早くから愚連隊に身を投じた中川には、いずれも馴染(なじ)みの顔だった。

「実は、おまえに見せたいものがあるだが……」

二代目が秘事を明かすような口ぶりで切り出した。

「ワシに……何ですか」

「うむ……」

佐野富美男がもったいをつけるようにして奥から持ってきたのは、日本刀であった。

それを手渡された中川は、ズシリとした重さに驚き、

「こりゃ、重いもんですな」

と軽い嘆声をあげた。

「そら、正真正銘、本物の名刀だからな。抜いてみろよ」

「ええんですか」

「ええよ」

二代目に促され、中川が鞘を払って抜き身を目の前に掲げると、よく磨きあげられたそれは、キラッと妖しいばかりの光を放った。

中川と石田が息を呑んだ。

「これぞ、備前長船忠光(びぜんおさふねただみつ)だ」

二代目が厳としていい放つ。

直後、八剱団の二人が同時に、

「おおっ！」

「こりゃ、凄い！」

と歓声をあげた。

その様子を、二代目がジッと見つめ、他の者たちは意味ありげに見遣っている。

頃あいを見て、二代目佐野富美男が二人に、

「どうだ、これ、欲しくないか」

と声をかけた。

「そりゃあ、欲しい」

興奮冷めやらぬ中川が、間髪を容れずに応える。

「よし、やろう」

「………」

二代目の言葉に、中川も石田も信じられないという顔になる。

「ついてはひとつおまえらに頼みがある」

「何ですか」

「寺井組の寺井、知っとるだろ」

「寺井？　ああ、大阪から来て、駅前のヤミ市やっとるヤツか」

石田と顔を見合わせて、中川が答えた。

「そうだ。あれを殺ってもらえんか。ワシら、あれに横車押されて往生しとるんだ。

おまえらを男と見込んで頼むんだが」

二代目の頼みに、中川の眼がギラギラしだしてくる。再び石田と顔を見合わせる。

「ああ、ええですよ。やったろうじゃないか。なあ、石田」

兄弟分に同意を求められて、石田も、

「おお、やるまいか！」

即座に応えた。どうやら二人とも、備前長船の魔力に魅入られたようだった。

2

三虎一家はテキヤ系氷屋十兵衛の若者であったといわれる初代佐野虎吉が興した一家だった。初代が昭和十四年に病歿すると、長男の佐野富美男が二代目を継承、次男の昭夫がよく兄を助けて一家を守り立てたが、海軍入隊後、終戦を待たず、広島・呉の海軍病院で病死、三十五歳の生涯を閉じた。

そんな影響もあったのか、豊橋を庭場にして盤石なはずの三虎一家に、揺らぎが見えだしたのは戦後間もなくのことだった。

大阪から進出してきた寺井組の寺井邦光によって、豊橋駅前のヤミ市を完全に牛耳られるという状況に陥ったのだ。機を見るに敏な三虎一家の幹部のなかには、寺井組に鞍替えする者も出てきた。

これに危機感を持った二代目佐野富美男や幹部たちは、窮余の策に打って出た。かねて一家に出入りしている血気盛んな愚連隊の中川功に目をつけ、この男に相手の首領・寺井を仕留めてもらうという作戦に出たのだ。お誂え（あつら）むきに中川も、その話に乗ってくれたという次第だった。

その場に居あわせた彦坂登が、中川の心意気に打たれたような顔になって、

「万一のときの用心だ。これも持って行ってくれ」

と申し出て、九寸五分の短刀を差しだした。

それを受けとり、鞘を払って刃を見た中川と石田が、

「おお、こりゃええ短刀だでね」

と感心した。龍が彫ってある上等の短刀であった。

その日の夜中のうちに、中川と石田は、寺井を殺しに行くことに決めた。

寺井は駅前ヤミ市の一角に建つバラックの住居に寝泊まりしていた。

夜中、中川が備前長船忠光を手にし、石田は龍の短刀を懐に入れて出かけた。その殴り込みに、見届け役として同行したのは、ノッポ川こと河合典郎だった。

寺井邸に近づくと、中川は鞘を払い、抜き身を手にした。ノッポ川にその鞘を持たせ、近くに待機させることにした。

「よし、行くぞ！」

「おう！」

二人は気合い充分だった。

寺井邸に着くと、見るからに安普請（やすぶしん）の家は真っ暗で、寝静まっている様子であった。

玄関の戸の隙間から覗くと家の中は丸見えで、ほのかな明かりに照らされて、寺井夫妻が寝ているのが見てとれた。夫婦二人だけで、若い衆の姿は見えなかった。

「おい、石田、見てみろ。夫婦で寝とるよ」

中川は石田にも確認させると、意を決して玄関の戸をドンドン叩きだした。

が、しばらく叩き続けても応答がなかった。

業を煮やして、今度は思いきり叩いたところ、ようやく、

「何や!?　うるせえぞ！」

と寺井の声が返ってきた。

それでも起きてはこなかった。

「おかしいな」

玄関戸の隙間から覗いても、起きだしてくる気配はまるでなかった。

「なんちゅう横着なヤツだ。ようし」

中川は戸を叩きながら、大声で、

「おーい、いま、寺井組の連中が喧嘩しとるぞ！　仲裁に出てこいよ！」

と怒鳴った。すると、寺井は、

「やかましい！　おどれは誰だ？　いま何時やと思ってけつかるねん!?　そんなもん、誰が行くかい！　ドアホ！」

と怒鳴り返してきた。これには中川も憤って、

「てめえ、バカヤロー！　この腰抜けヤロー！　それでも親分か!?　寺井の看板が泣くぞ！」

さんざん罵倒し、挑発すると、やっと期待通りの反応があり、

「何やと!?　おどれ！」

寺井は枕元にあった日本刀を手にすると、すごい勢いで立ちあがった。

鞘を払って放り捨てるや、抜き身のまま、憤然と玄関に向かってくる。それこそ中川たちの思う壺であった。

中川と石田は、寺井が玄関から表に飛び出してくるのを、いまや遅しと待ち構える。

手にした備前長船と九寸五分の短刀。

戸が開いた瞬間、中川が思いきり日本刀を寺井の首っ玉目がけて叩きつけた。

「バシッ！」というものすごい音がして、確かな手応えがあった。が、首は外れ、当たったのは右肩だった。寺井の右腕が飛び、血しぶきがあがった。

寺井の姐の、

「人殺しい！」

との悲鳴が家の中からあがり、夜空に響きわたった。

地べたに斃（たお）れ、悶絶する寺井の姿を見て、

「よし、やった！　引きあげるだ！」

二人はノッポ川を待たせてある場所へと急いだ。

中川は血染めの抜き身をノッポ川に、

「これを二代目に返してくれ」

と言って手渡すと、その足で石田と二人、手筈（てはず）通り三虎一家幹部の佐野賛郎の家を訪ねた。佐野賛郎は初代の一家を名のった新川系の譜に連なる親分であった。

二人を迎えた佐野は、

「おお、御苦労だったな。後のことは心配せんでええ。万事、こっちでやるから。す

ぐに旅に出ろ」

とねぎらい、十円札や百円札が束になったワラジ銭を用意していた。一万円あった。大学卒の公務員の初任給が二千三百円、遊郭で遊んで二百円の時代である。愚連隊の二人にすれば、手にしたことのない大金であった。

佐野賛郎の家を辞した二人は、それを、

「これで博奕場へ行くか」

「よせよせ、一晩で消えるだが」

軽口を叩きながら折半した。

夜は白々（しらじら）と明けていた。

二人は別々に旅に出ることにして、中川は東、石田は西に向かった。

片腕を斬られた寺井は、一命をとりとめたものの、その傷が元で間もなくして死亡し、ノッポ川がその事件を背負って警察に出頭したという知らせを、中川が聞いたのは、旅先の茨城・土浦でのことだった。

3

土浦のテキヤの親分のところでワラジを脱いでいた中川のもとへ、豊橋から三虎一家二代目佐野富美男の若い衆である佐野正晴以下五人が加わり、旅は賑やかになった。

そのなかに「宮城楽団」という楽団を持っている興行師がいて、いつか中川の旅は兇状旅変じて浪曲や歌謡ショーの興行の旅となった。

一行は土浦から上州をまわって東北へ入り、鳴子（なるこ）温泉で長い興行を打ったり、そこから仙台、塩釜、石巻と移動、旅から旅の暮らしを続けた。その旅の途上で、いまだ一匹狼の中川は、佐野正晴から、

「なあ、中川、どうだ、オレの舎弟にならんか」

と打診されたことがあった。

中川は即座に断わった。

「冗談じゃないよ。舎弟になるくらいなら、こうやってついてこんわ」

その辛辣な物言いに、

「おまえにゃ敵（かな）わんなあ」

後に三虎一家三代目となる男も、苦笑するしかなかった。

歳は中川のほうが五つほど下であったが、二人は昔からそんな「オレ、おまえ」のつきあいをしてきたのだった。

そういう意味で言えば、中川は三虎一家二代目にも早くから世話になっていたし、逆に寺井の一件のように、一家のために多大な貢献をしたのも事実であった。三虎一家の一門に連なっていたとしても、少しもおかしくはなかった。

だが、そうはならなかったところに、運命の綾があったのだろう。

中川の親分が見つかるのは、佐野正晴との旅が名古屋に及んだときのことだった。

北関東から東北方面の長い旅を終え、中川と正晴とはいったんは故郷の豊橋へと帰ってきた。

が、落ち着く間もなく名古屋へと赴いて、二人は不良の本場・大須で男を磨いた。

当時、東京の浅草がそうであったように、中区大須も名古屋中のヤクザが若い時分に一度は遊んだ場所であったが、中川と正晴もそこで男を売った。

二人はひょんなことから地元の者と喧嘩となり、佐野正晴は〝役者正晴〟の異名をとるほど端整な顔を斬られてしまう。

「ヤロー、許さん！」

中川はいきりたった。相手が名古屋でもその名を知られた神農系の親分・中島善作の実弟・信行であったから、なおさら闘志を燃やした。

だが、仲裁に入る者があり、その水際立った鮮やかな収めかたに、中川も気持ちよく引かざるを得なくなった。

その貫禄と所作はなかなかのもので、中川はいっぺんに惚れこんでしまう。

それが稲葉地一家の中村照治であった。後に稲葉地一家三之助六代目を継承する男である。

その譜は、稲葉地水野派といって稲葉地一家二代目甚之助の舎弟・水野三之助に端を発する。遠州浜松の親分・東湖楼の子分であった三之助は、平野家一家二代目出井源次郎と兄弟分の縁があるため名古屋に来て、大須に根をおろした。そこで稲葉地一家二代目甚之助の舎弟となって勢力をふるったのだった。

中川功は、この稲葉地一家水野三之助の譜を継ぐことになる中村照治に惚れ、その舎弟の盃を受けたのである。

同時に自分の生涯の親分とも巡りあった。照治の実兄である中村真人で、後の稲葉地一家五代目総裁となる親分であった。やはり名古屋でその人ありと知られた人物である。

中川はこの中村真人の若い衆となり、稲葉地一家の一門に連なったのである。

やがて親分・中村真人と同じ代官町を根城とする浅野大助一統の伊藤利一とも大須で知りあい、伊藤を通してその舎弟・河澄政照と出会ったのだった。

それは中川にとって、運命の出会いともいえた。

河澄政照は大正十五年、名古屋で五人兄弟の三男に生まれ、昭和十四年、尋常小学校卒業後、上海の叔父を頼って渡航し、上海商業学校に入学した。

同校を卒業後、東洋貿易会社に入社し、半年あまりを南京支社に勤務した。南支那海岸一帯で魚の買いつけを中心とする職務を担った。

一帯は毛沢東の率いる八路軍の勢力下にあり、ロウソクとランプの灯を頼りに暮らす未開拓地であった。日本人の民間人は誰一人住んでおらず、要所に少数の日本軍分遣隊が駐留するだけで、八路軍の奇襲がたびたびあった。

そんな危険地へ、河澄は少年の身でありながら、軍属として特別志願して行ったのだった。

やがて上海で徴兵検査を受けて蘇州一三一八部隊に入隊し、輜重兵として専ら重機関銃隊の重い兵器や弾運びに携わり、汗水を流した。いずれは自分も実戦を担う兵隊として身を挺し、立派に死ぬ覚悟であったから、弾運びの仕事だろうと少しも苦にならなかった。

そんな河澄少年にとって、昭和二十年八月十五日の敗戦はどれだけその純な魂を傷つけたかわからない。

河澄もまた、他の大人たち同様、心身ともにボロボロになって日本へと引きあげてきた。

生まれ故郷の名古屋も一面焼け野原で、荒れ果てた土地と化していた。

河澄は虚無のまにまに暴れまわる日々を送るうちに、いつか無頼の世界へと身を投じていた。

やがて、代官町の浅野大助を知り、その一統となったのも、自然の流れというものであったろう。

4

昭和二十八年暮れ、中川功は、名古屋・代官町の喫茶店で顔を合わせた伊藤利一から、

「オレんとこの河澄が今度豊橋へ行くことになったでな。よろしく頼むよ」

と打ちあけられた。豊橋はもともと中川の生まれ育った故郷だった。

「行くことになったって、どういうことですか」

「そら、おまえ、遊びに行くんじゃなくて、根をおろしに行くだでな。うちの兄貴の指示だわ。名古屋だけじゃなく、豊橋にも浅野の勢力を植えつけたいいうのが、兄貴の夢なんや」

伊藤利一も河澄政照も、「代官町の大さあ」こと浅野大助の一統であった。

「そいつは本当ですか。河澄さんが行くとなると、ワシも豊橋へ帰りとうなりましたわ」

「そら、ええ考えや。ぜひそうせえ。おまえも豊橋に帰りゃええ。河澄と仲良くやってくれや」

伊藤の勧めに、中川もにわかにその気になってきた。

「だいぶ自分の旅も長くなってしまったですが……」

ここいらがちょうどいい潮どきかも知れないな——と、中川は思ったのだ。

戦後、豊橋で愚連隊・八剱団をつくって暴れまくっているうちに、三虎一家二代目佐野富美男の頼みを聞いて、大阪からの流れ者である寺井邦光という親分を斬るハメになった。それからすぐに旅に出て、北関東から東北方面をまわり、いつか中京に帰ってきて、名古屋に落ち着いていた。

名古屋で中村照治という兄貴分を得て、その実兄である稲葉地一家の中村真人という生涯の親分に出会ったからでもあるが、浅野一統の伊藤利一や河澄との出会いも大きかった。

中川は名古屋で大勢の舎弟を抱える身となり、大須や大曽根、中川区日置通りなど六カ所でパチンコの景品買いのシノギも確立させていた。

すでに名古屋でしっかり地盤を築いていたのだが、それでも豊橋は、中川のなかで、いつか帰るべきところ——として存在していた。まして河澄が根をおろすとなると、なおさら帰りたくなった。

「で、河澄さんはいつ豊橋へ？」

「もう行っとるで。二、三日前や」

伊藤にそう聞いた途端、中川はなぜか矢も盾もたまらなくなった。

伊藤と別れるや、その足で兄貴分の中村照治の家に赴いて、

「豊橋へ帰りますわ」

と挨拶すると、続いて親分の中村真人のもとへ赴いてその旨を告げた。

「ほう、そうか、そら、ええ。おまえの故郷（さと）なんだで、帰りゃええ。そうするのが一番ええがね」

中川の決心に、後に稲葉地一家五代目を継承する親分は、快く承諾してくれるのだった。

「親分、勝手言ってすみません」

「うん、それでな、ワシ、ひとつだけ注文出すが、おまえ、豊橋には、稲葉地一家豊橋支部という形で行ってくれるか」

そこはさすがに覇気にあふれたイケイケの親分だった。

「はい、わかりました」

中川にもある程度予測できたことであったから、何ら逡巡（しゅんじゅん）はなかった。

かくして中川が豊橋へ帰ったのは、河澄が移って一週間後のことだった。

とはいえ、河澄が最初に根をおろしたのは豊川で、セントラルというダンスホールを買いとってそこに姐や若い衆とともに居を置いたのだ。

それから間もなくして豊橋の東田という遊郭街に自宅を構えて移り住んだ。

河澄が豊橋に移って早々、中川がさっそく挨拶に赴いた。

「あら、中ちゃん、いらっしゃい」

と出迎えてくれたのは、馴染みのテル夫人だった。九州出身の彼女は、河澄とは名古屋時代に知りあい、十九のときに一緒になっていた。

「いるかね」

との中川の問いに、姐がにっこりとうなづく。約束なしの訪問であったが、いつ来ても河澄も姐も中川を歓迎してくれるのだ。

応接間に通されると、すでに先客があった。

「おお、中ちゃん、いいとこに来たなあ。彼のことは知ってるよなあ」

挨拶もそこそこに、河澄が先客のことを紹介しようとするので、中川がふっとそちらを見た。先方も中川を見る。

互いに顔を見合わせるや否や、一瞬驚いた後で、「なあんだ」という表情になった。

「河澄さん、知ってるも何もないですよ。もう八年近いつきあいになるでねえ」

中川が言えば、先方も、

「ええ、よう知っとります。なにせ、戦後すぐ、自分が十五のときからですから。古いですよ」

と応えた。

三虎一家三代目佐野正晴の若い衆で、後に三河安城の井上一家六代目を継承し、愛豊同志会幹部となる竹内孝であった。

「河澄さん、なにせこの男は、そのころ、恐ろしく早熟なマセガキでしたがな。初めて豊橋駅前のヤミ市で会ったとき、とても十五なんて歳には見えなんだ。どっから見たって、ワシと同じか、もしくは上に見えたでね。後で自分より六つ下と聞いたときには、たまげましたから」

中川の話に、河澄は静かに笑みを湛えて、中川と竹内とをこもごも見遣っている。

「ほう、そんなことがあったのかね。ワシと同じ歳の中ちゃんより六つ下ということは、竹内君が十五のときっていうのは、昭和二十二年かな……」

河澄の問いに、

「そうです。いやあ、あのころの自分はつくづく怖さを知らなんだと思いますね。いまだったら怖くてできんようなことを、平気でやってましたから」

と竹内が答えた。

5

昭和七年六月、蒲郡・三谷に生まれた竹内孝は、敗戦のとき十三歳で、尋常高等小学校一年——いまでいう中学一年生であった。

竹内少年はワルさの方面では早熟で、八百屋を営む生家から売りあげ金を持ちだしては悪友二人と地元の賭場へ通うという筋金入りだった。

当時はどこにでも賭場が立ち、毎日のように博奕が開帳されている時代であった。地元の蒲郡・三谷の賭場を仕切っていたのは、瀬戸一家の瀧内清士という貸元で、牡丹の刺青を彫っているところから、〝牡丹の清士〟の通り名があった。

ある日、ワルガキ三人組は例によって牡丹の親分の賭場へ行くと、ついてなくてあっという間に敗け、すっからかんになってしまった。

仕方なくしばらく見ていると、代貸が、

「おい、坊主たち、もう帰れ」

と声をかけてきた。

ところが、この竹内をボスとする三人組、とんでもないワルガキたるゆえんは、

「うん、帰るわ。けど、帰りにそこの駐在に行って、ここで博奕やっとるって、そう言うとくわ」

と大人、それもれっきとした博奕打ちを脅迫するようなことを言ってのけるような連中だったことだ。

それでも代貸は、怒るより苦笑し、

「わかった、わかった。これ、やるから、早う帰れ」

と一人に百円ずつ渡し、体よく追い払った。

これにはワルガキたちが驚いた。竹内が家からチョロまかした金は百円なのに、代貸からもらったのは三百円。遊郭へ遊びに行き、一晩泊まっても百円でつりが来た時代である。

「こんないい商売ないな」

またしても生意気なことを言い、味をしめた三人組は、それからもちょくちょく賭場へ遊びに行くようになった。

賭場では一家の若い衆も修業に励んでいて、なかには刺青をしている者も何人かいた。

竹内たちがそれを珍しそうにジッと見ていると、彼らは、

「坊主たちも入れるか」

と、からかい半分に声をかけてきた。

「いや、入れん」

さすがに刺青となると、ワルガキたちでも臆する気持ちがあった。すると、若い衆、

「おまえら、痛いで入れられんだろ」

今度ははっきりとからかってくる。

これにはツッパリたい盛りの少年たち、カチンときた。

「そんなら、入れてやるだ」

と言って、本当に刺青を入れてしまったのである。

もとより完成には程遠いスジ彫りに毛の生えた程度のものだが、たちまち学校に知れわたって問題となり、新聞でも報じられる騒ぎとなった。親もびっくりし、次いで怒りだしたから、竹内は家に帰りづらくなった。

そこで牡丹の親分の家に部屋住みさせてもらい、そこから登校を続けることでどうにか中学校を卒業することができたのだ。戦後の教育改革で、尋常高等小学校は中学校に替わり、義務教育となっていた。

竹内はそのまま一家にいついて、渡世への入門となったのだった。

竹内が初めて豊橋の愚連隊・八剱団の中川功と会ったのは、ちょうどそのころのことである。

夕方、竹内のもとへ、地元の三谷の漁師連中がやってきて、

「孝ちゃん、昨日、豊橋へ遊びに行ったら、駅前のヤミ市で、愚連隊みたいなヤツらに時計から靴まで根こそぎ恐喝された。なんとかしてくれまいか」

と泣きついてきたのだ。

「よっしゃ、ワシに任せとけ。取り返してきてやるから」

竹内は請けあい、身一つで豊橋へと乗りこんでいった。ドスはおろか、棒切れ一つ持たず、丸腰であった。

豊橋駅前はずっと切れめなくヤミ市が続いていた。

竹内は愚連隊らしき連中を探して、そこら中をブラブラと歩いた。

そのうちにようやく見るからにそれと思しき一人の若者と出くわしたのだ。

それが中川功であった。

「八劔団というのはあんたか？」

八劔団と名のった愚連隊であるというのは、竹内も漁師たちから聞いていたのだ。

「なんだ、おまえは」

「昨日、うちの連中から恐喝したものを返してもらいに来た」

「どこの者（もん）だい？」

「蒲郡だが、何もカタギの漁師を恐喝することはないだろ」

中川は自分と同年代と思しき男の顔をジッと見た。なかなかいい面構え（つらがま）えをしていた。

それに、知らない土地へたった一人で乗りこんでくるとは、見あげた度胸だった。

「おまえ、蒲郡からここへ一人で来たのか。道具も持たんで……」

「話をつけにくるのに、数を恃むことはないし、道具を持ったら話しあいにならんでね」

「ふーん」

中川は感心した。まさか相手がまだ十五歳とは夢にも思わない。言うことも顔つきも随分大人びており、こいつはもしかしたらオレより歳が上かも知れないな——と思ったほどだ。後で十五と知ったときには、中川も仰天したものだ。

自分の背景を匂わせるようなタンカを、相手がつゆ吐かないのも、中川は気に入った。

「よし、わかった。いまの話はオレは初耳だが、ここで八剱団と名のったら、うちの者に間違いないだろ。ここの喫茶店で待っといてくれんか。オレがすぐにやったヤツを探して、そいつらから取り返してくるから」

中川は豊橋駅前——二人がいる目の前の喫茶店を指差した。

「よろしく頼むで」

竹内は中川を信用できる男と見て、つゆ疑いもしなかった。

言われた通り、竹内が喫茶店で待っていると、間もなくして中川は帰ってきた。手にした風呂敷をテーブルの上にドンと置いた。

「これで間違いないだか」

風呂敷の結び目を解くと、中からは時計やら靴、ベルトなど一式が現われた。

「おお、これだ」

「風呂敷ごと持って帰りゃいい。悪う思わんでくれ」

「いや、返してもらったら、何も文句ないで。ワシは竹内いう者だで。よろしく」

「こっちこそな。オレは中川だ」

二人は握手を交わしあった。それが後に兄弟分となる二人の出会いであった。

6

「へえ、縁というのは不思議なもんだなあ」

河澄が自宅の応接間で、中川と竹内の話を聞きながら感慨深げにうなづいている。

「本来なら三虎にいてもおかしくない中ちゃんが稲葉地へ行って、ワシと同じ浅野一門となるはずだった竹内君が、紙一重のところで浅野ではなく三虎になってしまったんだからなあ。まわるまわる運命の糸車——ってとこかなあ」

「いやあ、仰る(おっしゃる)通りです。私の場合、蒲郡を追われた後、浅野の大(だい)さあの盃をもらおうと名古屋へ行って空振りに終わり、豊橋まで追っかけてきたのにまたまたすれ違いになり、何の因果か、三虎の三代目の盃をもらうハメになってしまったんですから……」

竹内が河澄の言葉を引きとって応（こた）えた。

中学卒業後すぐに瀬戸一家の蒲郡貸元である〝牡丹の清士〟こと瀧内清士の若い衆となった竹内孝であったが、二十歳を前にして牡丹の親分が瀬戸一家から破門になった。脾臓（ひぞう）を手術した際、モルヒネを使ったことで麻薬中毒になってしまったのが原因だった。

代わって小林金治が蒲郡の貸元となり、牡丹の親分の若い衆はすべて小林金治の預かりとなった。小林は後に瀬戸一家八代目を継承する実力派親分であった。

ところが、かつての牡丹一門は皆が皆、小林親分のもとへ移ったのに、一人、竹内だけは、

「同じ土地で二人の親分は持たん」

と、それを拒否した。生意気さもここに極まれり——といったところだが、このとき竹内はまだ二十歳にもなっていなかった。

「この小僧！　十年早い口利きやがって！」

その所作がいたく先輩たちの気にいらないところとなって、竹内はさんざん制裁を

受けたうえ、

「蒲郡にいることはまかりならん」

と故郷を追放される結果となった。

蒲郡を出て、しばらく名古屋あたりをブラブラしていたが、行く当てもなかった。

その間、二、三の親分から誘いがかかったが、竹内はまだその気にはなれなかった。

そんな折、ふっと思い出されたのは、名古屋の浅野大助のことだった。浅野は毎日博奕で歩いていた親分で、蒲郡へもしょっちゅう遊びに来ていた。

浅野はギャング肌でムチャをやる人ではあったが、頭も金も切れて、人気があった。

竹内も賭場の立ち番や下足番をしていると、よく浅野から声をかけられた。ときどき小遣いまでもらって可愛いがられたのだ。その舎弟や若い衆とも知りあい、心やすくなっていた。

とはいえ、浅野一門のなかで、ひとり博奕をやらなかったのが河澄で、彼とだけは竹内もあまり馴染みがなかった。

〈そうだ。浅野の大（だい）さあのところへ行こう〉

竹内は思いたつと、すぐに行動に移した。

代官町の浅野大助の事務所を訪ね、文字通りその門を叩いたのだ。

「親父は豊橋へ行っとるだで」

そのとき、浅野は留守で、事務所当番をしていた水谷昭が応じた。竹内は水谷ともよく知る間柄だった。

「豊橋？　どこへ行っとるんかな？」

その時分はまだ河澄が豊橋へ出る前のことだった。

「おおかた松本昭平親分のとこかと思うんだがな」

豊橋で稼業を張る松本昭平は、愛知熊屋の流れを汲むテキヤの親分で、浅野と懇意にしていた。

「わかった。じゃあ、オレ、豊橋へ行くわ」

となって、竹内はその足で豊橋へと向かったのだった。

だが、豊橋でも浅野大助と会えなかった。

仕方なく竹内は駅前の麻雀倶楽部へ入り、そこで一晩明かすことにした。

「おい、若いの、どうした？」

そんな竹内に声をかけてきた者があった。

その雀荘のオーナーで、新聞記者あがりの金子六郎という年配の男だった。

竹内は事情を話した。

「そんなことなら、ワシがよく知っとる豊橋の親分を紹介するよ。この親分なら悪いようにはせんだろが」

それが三虎一家三代目の佐野正晴であった。もっとも、この時分はまだ三代目を継承する前だったが、すでに二代目佐野富美男の跡目と目されていた。

こうして竹内は三虎一家の客分となり、豊橋に腰をおろすことになったのである。やがて正式に佐野正晴の盃を受けて若い衆となり、三虎の一門となったのはそれから間もなくのことだった。

……河澄が、自宅応接間で中川と竹内を前に、再び口を開いた。

「浅野の親父とすれ違わなんだら、竹内君は間違いなくうちの一門になっとったんだから、浅野は貴重な人材を獲りそこなったいうことだで」

べんちゃらを言えるようなタイプではなかっただけに、河澄の言葉は重みがあった。

これにあわてたのは、竹内だった。

「滅相もない。ただ、こうして豊橋へ落ち着くことができ、河澄の親分にもおつきあいしていただいとるわけですから、やはり縁はあったんだと思います。浅野の親分を訪ねて豊橋に来たのは、自分にとって正解でした」

竹内も思いのままを述べた。

「名古屋から豊橋に来たのが、あんたにとって運命の岐(わか)れ道だったっていうことだなあ」

中川も、竹内に対してうなづいている。

河澄はそんな二人を見ながら、

〈それはオレにとっても同じことだ。……これからだ。オレがこの豊橋で男になれるかどうか、ここでどう地盤を築いて、どう切り拓いていけるか。すべてはこれからにかかっているんだ……〉

と、静かな闘志を燃やしていた。

7

「中ちゃん、ちょっとオレの家へ来てもらえんかな」

河澄政照はその夜、中川功に電話をかけ、豊橋・東田の自宅へと呼びだした。

中川は稲葉地一家豊橋支部を名のって渡世を張る身で、浅野大助一門の河澄とは派が違ったが、ことのほか、気が合った。

「ええですよ。すぐ行きます」

中川は中川で、河澄の用件が何であるか、聞かずともわかっていた。

明日の一件の最終打ちあわせであるのは明らかであった。

〈河澄さん、オレがどこまで肚を括っとるか、見たいんだろ。大丈夫、ブルッとるどころか、やる気満々、行く道はひとつしかないと思っとるで……〉

中川はとっくに肚は決まっていて、もはや一歩も引く気はなかった。河澄からの電話でさらに決意が固まった。

受話器を置き、神明町の事務所から一歩外へ出ると、この夜は一段と寒かった。中川は思わず革ジャンの襟を立てた。

昭和三十二年二月二十七日のことである。

「無理もない。明日で二月も終わりだで、寒いに決まってるな」

中川はひとりごち、タクシーを拾うと、一路、東田の河澄邸へと急いだ。

河澄邸へ着くと、いつものように玄関でテル夫人ににこやかに迎えられ、河澄の待つ奥の部屋へと通された。

「おおっ、中ちゃん、来てくれたか」

河澄は中川のためにウィスキーを用意して待っていた。

「まあ、飲もうや」

河澄が自らウィスキーのボトルを手にした。

河澄の様子は、普段と何ら変わらなかった。気負いや高ぶった様子もなく、落ち着いたものだった。

「おっ、水盃ならぬ洋酒盃ってヤツですか」

中川が軽口を叩いて、グラスを手にとる。

「まあ、そうだな」

河澄が少し笑って、中川のグラスにウィスキーを注いだ。

河澄は、自分のグラスにも同じようにその琥珀色のものを注ぐと、

「乾杯しよう。明日のために」

と言った。

「おうッス」

中川も応えた。

「中ちゃん、やるまいか」

「やりましょう」

「乾杯！」

二人はグラスを軽く合わせると、しばし互いの目を見つめあった。

何を語らずともわかりあえる間柄だった。

やがて二人は同時にそのグラスを一気に呷った。

明日、浪崎重一を殺る――二人の思いはその一点に尽きた。いまさら二人の間で口にする必要もない、了解済みの事項であった。

その覚悟にいささかの揺るぎもないことを、いままさに互いの目を見て確認しあったのだ。

河澄が浅野大助の方針もあって、この渡世でいう〝草ボーボー〟の激戦区である豊橋を平定しようと、名古屋からやってきて当地へ腰をおろしたのは四年前のことである。

持ち前の度量と手腕で、河澄はしっかりと豊橋に地盤を築きつつあった。そんな河澄の前に、大きく立ちはだかったのが、三虎一家の浪崎重一という男であった。

浪崎は明日――昭和三十二年二月二十八日、三虎一家二代目佐野分家古溝二代目を継承しようとしていた。

その襲名披露が豊橋市公会堂で執り行なわれ、披露宴が近くの料亭「吾妻屋旅館」で催される予定になっていた。

河澄は中川とともにそこを狙って浪崎を襲撃し、いままでの因縁に決着をつけようとしていたのだった。

浪崎を昔から知る中川にすれば、浪崎がそこまで伸しあがり、豊橋ヤクザ界で重きをなす存在になろうとは、想像さえできぬことであった。

「あの浪崎がなあ……」

中川がよく漏らしたのは、終戦後間もない時分、初めて浪崎と会ったときのことを鮮明に記憶していたからだった。

そのころ、中川は愚連隊・八剱団をつくって、駅前のヤミ市や遊郭街を根城にして恐い者知らずでムチャクチャ暴れまくっていた。

ある日、新開地をブラブラしていると、見るからに復員兵とわかる格好をした若者が、中川に近づいてきた。

「中川さんですか」

「ああ、そうだよ」

中川の知らない相手だった。

「いま兵隊から帰ってきたんだけど、また昔のように豊橋で遊びたいで、ひとつよろしく頼みますよ」

「ほう、そいつはご苦労だったね。で、どうしてオレを?」

「いや、中川さんのことは丸野から聞きました」

兵隊帰りは、八劔団の仲間の名を口にした。

「ああ、そうかい。じゃあ、あんたも兵隊へ行く前は遊んどったかね。こっちこそよろしく頼むで」

終戦五日後に召集令状が来た中川からすれば、兵隊に行っている相手のほうが年上なのは間違いなかった。が、遊んでいるキャリアはこっちが上との自負がある中川は、言葉づかいを改めなかった。

その兵隊帰りが、浪崎重一であった。

やがて浪崎は、三虎一家二代目佐野富美男の分家を名のる古溝徳次郎の若い衆となり、いつのまにか見る見るうちに売りだしていった。

いつか古溝の跡目実子分となり、半年前、古溝が病死するや、その葬儀の席上、古溝二代目継承が口頭披露され、喪明けとともに正式に二代目継承式の運びとなったのである。

中川に対する態度も当然のようにガラッと変わり、最初の出会いで、

「中川さん、ひとつよろしく頼みますよ」

と頭を下げてきた姿は、もうどこにもなかった。

そんないきさつがあったからか、浪崎は中川や中川に近い河澄に対して、ことさら張りあう気持ちを剝きだしにしてきた。ときには対抗意識を燃やすあまりか、どう見ても筋の通らぬ不可解な態度を示してくることもあった。

それがとうとう河澄と中川には我慢ならなくなったのである。

8

その対立が決定的になったのは、浪崎の親分である古溝徳次郎が世を去り、市内の寺で葬儀が催されたときのことだ。

河澄は中川とともにその葬儀へ参列、焼香し、手を合わせて帰ってきた。

その三日後の夕方、中川がひとりで豊橋駅裏をウロウロしていたのは、屋台で一杯飲もうとしてのことだった。そこでバッタリ五、六人の若い衆を連れた浪崎と鉢あわせした。

「なんだ、中川やないか……」

中川を目にするや、浪崎は自分の親分の葬儀へ来てくれた礼を言うどころか、端から挑発的な態度を見せた。明らかに酒が入っており、酔っていた。これには中川もカ

チンときたが、まともに相手にするのもアホらしいので、

「なんだ、とは随分な挨拶やないか」

と返した。

すると、浪崎は、

「うるせえ！　それよりおまえ、親父の葬式へは来たのか」

と絡みだし、いきなり中川の胸に拳銃を突きつけてきた。

「なんの真似だ！」

さすがに中川も頭に血が昇った。

「先日の葬儀に来たのかと聞いとるんや」

「……」

中川は、怒りを通り越して言葉も出てこなかった。

〈こいつはホントに、呆れたヤローだな……〉

と思うしかなかった。

「どうなんだ？」

「おまえさん、だいぶ酔ってるな。覚えとらんのか。古溝の親分の葬儀には、オレと河澄さんとで行ったやないか」

中川が応えると、古溝は意外にあっさりと拳銃を引っこめた。

「ほうか、そんならいいけどな。わかったで。一杯飲むまいか」

拳銃を突きつけた相手に対して、今度は一緒に酒を飲もうというのだ。

中川も仕方なく浪崎に誘われるままに、近くの屋台に腰をおろした。

「大概にしとかなあかんぞ。河澄さんとオレとで二人で葬儀へ出て顔見たんやが、わからんのか」

中川は浪崎に釘を刺すのを忘れなかった。

「ああ、わからなんだ。気づかんかったわ」

「関西の一心会がおったやないか。ズラッと並んで……」

一心会というのは、三代目山口組組長田岡一雄の舎弟である大阪の韓禄春が結成した組織だった。その一心会の桂木正夫と浪崎とは兄弟分という関係にあった。

もっとも、この時分、山口組といっても、全国制覇に向けて動き出す以前のことで、当時はまだ神戸という一地方のヤクザ組織に過ぎず、全国区にはなっていなかった。

全国進出への足がかりとなった小松島抗争はこの年の秋、明友会事件が起きるのは三年後のことなのだ。

「なんだ、そこまで知ってりゃあ、間違いないな。来てたんやな」

浪崎もようやく納得したようだった。だが、納得できないのは中川のほうであった。

後日、この一件を河澄に伝えたところ、中川以上に怒気をあらわにしたのが、河澄だった。

「とんでもないヤローだな。よくもそんなことを……」

それでなくても、河澄は過去に浪崎と何かと因縁があった。

豊橋にも戦後、パチンコ屋が何軒かできてそれぞれ街の顔役が分担して面倒みることになった。

あるとき、河澄が中川に聞いたことがあった。

「中ちゃん、何かシノギを持ってるのか？　博奕だけでは保たんだろ」

「いや、ワシは博奕打ちだで、博奕打っとりゃええでね。伊藤の利いさあについて、博奕場を歩いとるのが性に合ってるだ」

「伊藤の利いさあ」というのは、河澄の兄貴分である伊藤利一のことだった。

「ふ～ん、けど、何かあったほうがええで。パチンコのシノギをやってみないか。ワシが三虎の浪崎と話をするから。浪崎のやってるとこ、景品買いやってみる気はないかい」

「いや、浪崎じゃ、おそらく何ひとつくれんじゃないですか」

「中ちゃんは戦後すぐのころ、三虎の代わりに大阪の寺井を斬って、三虎を助けた男やないか。あそこに貸しがあるだ。いってみりゃ、三虎の功労者みたいなもんやないか。シノギのひとつぐらいもらっても、バチ当たらんと思うがな」

「河澄さん、ワシはいいですから。気を遣わんでくださいよ」

「まあ、いっぺん浪崎と話をしてみよう」

河澄はそれから何度か浪崎と交渉し、話しあいを持ったのだが、結果は芳しくなかった。

最後は若頭格の幹部である〝ノッポ川〟こと河合典郎を通して、

「申しわけありません。うちの親父がその件はできかねるとのことでした」

と河澄に伝えてきた。

「ヤロー、舐めてけつかる。シノギをささん言うてきやがった。中ちゃんが一家のために躰(からだ)を張ったことを忘れてやがる……」

以来、河澄は浪崎に対して強い不快感を持ったのは確かである。

その浪崎が今度は、街でバッタリ会った中川に対して、

「おまえら、うちの親父の葬儀に来(こ)なかったろう」

と絡んできたばかりか、挙句、酔っ払って拳銃を突きつける真似までしたというのだから、河澄も怒り心頭に発したのだ。

「ワシら、あれのお袋さんの葬儀にまで出たやないか。だったら、それも忘れとるんか、ヤツは」

「まあまあ、河澄さん、堪えてください。ヤツのことは放っときゃええですがな」

いつもと違って、中川が宥め役にまわったほどだった。

だが、間もなくして、二人にすれば、捨ておけない事態が出来する——。

9

浪崎は、自分の一世一代の晴れ舞台である古溝二代目継承披露に、河澄と中川を招かなかったのだ。

地元の豊橋はもとより名古屋を始め、東海・中京地区の錚々たる親分衆に招待状を送っておきながら、二人のことは完全に無視した。

その露骨な仕打ちに対して、河澄と中川が激怒したのは当然であった。

「ヤロー、人をコケにしやがって！　だいたい不祝儀の席に呼んでおきながら、お祝いの席に呼ばないっていうのは、いったいどういう了見なんだ？」

「こんなバカにした話はないでしょ。喧嘩売っとるのも同じですわ。あっちがその気なら、こっちもその気でいかないかんで。今度はワシがヤツに拳銃突きつける番だで」

「よっしゃ、中ちゃん、ここいらでヤツとの決着をつけようか」

「やりましょ。いつやりますか」

「こうなったら襲名披露の当日でも構わん。いっそヤツの襲名を潰してしまおうかとも考えてるよ」

「――だけど、河澄さん、それをやっちゃ、名古屋中の親分衆を敵にまわすことにもなりかねませんよ」

「……うん、わかっとる。けど、そうでもしない限り、ワシの腹の虫は収まらん。どっちにしろ、これだけコケにされ顔を潰されて、何もしないとあっちゃ、この渡世じゃ生きていけないだろ」

「それもそうですね。やりましょうや」

　こうして河澄と中川は浪崎との最終決着をつける肚を固めたのだった。

「ちょうどいい。あのときの落とし前をつけようじゃないか」

　河澄の言葉に、中川も、

「ああ、そうだ。それもあった。なおさらいい機会だで。あのときの借りを返さないかんですなあ」

と、すぐに思い出した事件があった。

二人ともまだ名古屋から豊橋へ来て間もないころだった。やはり何かのことで浪崎とぶつかって、肚（はら）に据えかね、二人して浪崎の家へその命（タマ）を狙いに行ったことがあったのだ。

二人で浪崎宅を訪ね、河澄が玄関先で浪崎と相対しているところを、中川が拳銃で撃つという計画を立てたのだ。

だが、そのときは幸か不幸か、浪崎は留守だった。浪崎夫人から、

「十分ほど前に家を出ました」

と告げられた二人は、浪崎の悪運の強さを呪ったものだった。

〈あのときだって、河澄さんは危ないほうの役を引き受けたんだ。むしろ拳銃（チャカ）で弾くほうが簡単だ。仮に浪崎が拳銃を持ってたとしたら、てめえが撃たれたとなれば、反射的に目の前の河澄さんを狙って引き金を引いたろうからな〉

中川がずっと思ってきたことであった。若い衆や他の者に躰（からだ）を張らせて、自分は安全なところに身を置くということができない性分の男が、河澄だった。中川が河澄に一目置くゆえんであった。

　こうして来たる二月二十八日、豊橋市公会堂で執り行なわれる浪崎の三虎一家二代目佐野分家古溝二代目継承披露を期して、浪崎を襲撃するということで、河澄と中川の意見は一致したのだった。

　他に襲撃隊として、河澄の若い衆である河合廣、水谷昭、二橋文雄の三人を加え、襲名披露を終えた時点で会場に乗りこみ、浪崎を狙うことも決めた。

「公会堂へはワシと松月堂と水谷とで行きますから、河澄さんはワシの事務所で待っとってくれりゃええだ。二橋は表で待機させときます。もし、ワシらがそこで失敗したら、河澄さんにも出張ってもらいますから」

　という中川の提案に、河澄も承諾したのだ。

「松月堂」というのは、家業の屋号を表わす河合の愛称だった。

「よし、わかった。公会堂で首尾よくいかなんだら、ワシが必ず仕留めるから心配いらなんだ」

　河澄が応えた。決行日に合わせて、二人は散弾銃や拳銃、日本刀も抜かりなく用意した。

　河合廣、水谷昭、二橋文雄の三人も、浪崎襲撃の計画を聞くや、

「ぜひやらせてくれ」

と応じ、ヤル気を見せた。三人とも中川とは兄弟分づきあいをしていた。

いよいよ決行日前日を迎え、中川がその夜、河澄邸に呼び出されたときには、準備万端整い、明日を迎えるばかりになっていた。

二人はウィスキーを飲みながら、

「うまくいっても長い懲役（つとめ）が待ってるだ。ヘタしたら、白い着物を着ることになるかも知れん。どっちにしろ、しばらくはもう酒も飲めんことになるなあ」

と静かに笑いあい、覚悟の程を確かめあったのだった。

「中ちゃん、あくまで殺（や）るのは、浪崎ただ一人。浪崎の若い者であれ、誰であれ、他の者には一切手を出さないようにしよう」

「わかりました。ワシももとよりそのつもりですが、他の三人にも徹底させます」

「ただし、道具を持って反撃してきたり、邪魔する者があったら、これはやむを得ない。ただ、そのときでもケガをさせる程度にしよう。命までとることはない」

河澄が念を押すのに、中川も、

「わかりました。そうしましょ。狙いは浪崎ただ一人」

と応えた。

そして翌二月二十八日を迎えた——。

第二章　吾妻屋殴り込み事件

1

夕方四時から豊橋公会堂で執り行なわれた浪崎重一の三虎一家古溝二代目襲名披露は、盛大なものとなった。

地元の豊橋はいうに及ばず、名古屋を中心に東海・中京地区からも錚々たる親分衆が参列、会場には二百人を越える関係者が集まった。

中川功が兄弟分の河合廣、水谷昭とともに八丁通の豊橋公会堂正面入り口に通じる広い階段を昇ったのは午後五時過ぎ、式典が終わるころを見計らってのことだった。

実際に式典は終わったと見え、正面玄関を出て次々と関係者が階段を降りてくる。

三人がすばやく階段を昇り、半ばまで差しかかったときのことだ。

「おい、中川、どうした?」

公会堂を出て階段を降りてくる人の群れのなかから、中川に声をかけてくる者があった。

中川が立ち止まって相手を見た。

「あっ、親分……」

中川が悪戯を見咎められた子どものような顔になった。最も会ってはならない人物にバッタリ会ってしまったのだ。

この襲名披露に招かれて来ていた親分の稲葉地一家中村真人であった。

その隣りには、地元の愛知熊屋系の松本昭平、江崎鉄平といった親分の顔も見える。

「どうしたんだ、血相を変えて」

中村真人はすぐに三人の只（ただ）ならぬ様子に気がついた。

「ええ、ちょっと浪崎に用事があって……」

中川の答えに、中村は「その用事」というのが何を意味するか、瞬時に察しがついたようだった。

「おい、中川、おまえ、そのジャンパーの下に何を隠しとるだ?」

中川は革ジャンの下に猟銃を隠し持っていたのだが、それは隠しきれるものではなく、嫌でも人の目についた。

「おまえらもだ」

中村は、河合廣と水谷にも目を遣った。二人とも上着の懐に拳銃を持っていた。

「ダメだぞ、おまえたち。そんな物騒なもん持って、こんなとこで絶対いかんぞ。やっちゃいかん」

松本昭平や江崎鉄平も中村同様、三人を止めに入った。

「そうだ。何があったか知らんが、おまえら、そんなヤバいもん持って、ここをあがるでない。それをやったら、ワシらも名古屋の親分衆に面目が立たんようになるだ」

「松本の親分の言う通りや。中川、ここは引かんかい。ワシも後で事務所へ行ってやるで、浪崎とも話をしてやるでな。ここでは絶対いかんぞ」

親分の中村真人に言われれば、中川も逆らうわけにはいかなかった。

「はい、わかりました」

殊勝に答えると、

「よし、これからワシらは吾妻屋へ行くが、おまえら、引きあげないかんぞ」

中村たちはそう言い残して、豊橋公会堂を後にした。続けて吾妻屋旅館で開催される浪崎の古溝二代目襲名披露宴へ出席するためであった。

吾妻屋旅館は松葉町にあり、豊橋公会堂からは車で五分くらいの距離だった。

そこへ移動する中村たちを見送って、後に残された三人は、

「どうする、中川」

「いや、やるだ、なんとしても」

「よし、行こう」

少しの逡巡（しゅんじゅん）もなく決断すると、即座に公会堂へと乗りこんでいった。

会場には招待客を始め、まだ相当数の関係者が残っていた。

招かれざる客である三人に対して、浪崎の若い衆が総出で彼らの前に立ちはだかった。

「何ですか、あんたがたは」

中川の革ジャンの下から猟銃が覗いているものだから、彼らもうかつには手を出せない。

「浪崎はどこだ？　ワシらは浪崎に用があって来たんだ」

中川が言い放った。

「浪崎はおりません。もう帰りましたよ」

相手にしても、中川たちの用事がなんであるか、火を見るより明らかなので、にべ

もない。

「ワシら、ずっと表で見張っとったが、浪崎の姿は見てないぞ。どうなっとるんだ」

「裏口から帰ったんです」

「ウソじゃないだろな」

「ウソなら何だっていうんだよ」

「何だと!?」

今度は水谷が凄んだ。

「まあ、待てよ、水谷。ここで押しあいへしあいしても、いないものはしょうがない。いったん引きあげよう」

中川が、いきりたつ水谷と河合を宥めた。

「けど、兄弟、こいつら……」

「まあ、いい。帰ろう」

三人は豊橋公会堂を出ると、表で待機していた二橋文雄とともに神明町の中川の事務所へと引きあげた。

事務所に着くと、河澄が四人の帰りを待っていた。

「すいません。失敗しました。すでに浪崎は裏から引きあげた後で……」

中川が河澄に事の顚末を報告すると、

「うん、しょうがないよ、中ちゃん。次はオレの出番だってことだな。今度こそ確実に仕留めよう」

河澄は事もなげに言ってのけた。

「河澄さん……」

中川は、少しも動じていない河澄が頼もしかった。

そこへ階段をあがってくる足音が聞こえ、

「おおい、いるか」

と、二階の中川の事務所へ現われたのが、名古屋の浅野大助と岩田扇太郎の二人であった。

岩田は、戦後の名古屋で〝ギャング〟の通称で怖れられた河村正一郎の子分で、浅野とは兄弟分同然のつきあいをしていた。

二人とも浪崎の襲名披露に招かれて、豊橋へ来ていたのだった。

「河澄、聞いたぞ、どうしても浪崎を殺るのか……」

浅野が開口一番、訊ねた。

「親父さん、心配かけて申しわけない。もうここまで来た以上、やるしかないです。

やらせてください」

河澄がきっぱり言うのに、

「うーむ」

浅野が腕を組んだ。

「なんとか話しあいはつかんのか。その気があるんなら、ワシらが仲に入ってやるぞ」

岩田も横から口添えする。

「いえ、岩田さん、お気遣いありがたいんですが、ここで殺（や）らなんだら、ワシと中川が殺（や）られるでしょ。もう行く道はひとつしかないと思ってます」

河澄の明快な答えに、岩田は苦笑し、浅野と顔を見合わせ、仕方ないという表情になった。

そんな河澄を見て、中川は改めて惚れ惚れとせずにはいられなかった。見事な男の決断といってよかった。

〈この人と一緒なら懲役へ十年行こうが、二十年行こうが悔いはない。いや、一緒に死ねる男だで〉

中川の心ははっきりと決まった。

「けど、河澄、やるからには肚を括らなあかんぞ。襲名披露宴の席へ殴り込むっていうのは、名古屋中の親分衆を敵にまわすってことになるんだからな」

浅野の警告であったが、そういう本人自身、事の成りゆきを楽しんでいるふうだった。

「わかってます」

河澄は答えた。

中川が決意を促すように、河合、水谷、二橋を順に見遣った。三人とも気迫がみなぎり、少しの迷いもないように見えた。最後に河澄を見ると、河澄はうなづき、中川の手を握った。

「やろう、死ぬときは一緒だ」

「やりましょう」

中川も河澄の手を握り返した。

2

河澄以下、中川、河合、水谷、二橋の五人は、河澄の愛車であるシルバーのハドソンに乗りこんで、吾妻屋旅館へと向かった。襲名披露宴は午後六時から開催される予定になっていた。

ただ一人、着流し姿の河澄が腕時計を見て、

「まだ七時過ぎだ。宴会の真最中やな。市民病院の前に車を付けて、そこで終わるのを待とうか」

と言うと、

「そうしましょ」

中川が応えた。

五人の刺客は、宴会が終了し、招待客である親分衆が皆帰った後で、浪崎を襲撃するという計画を立てた。

市民病院は吾妻屋旅館の真ん前にあり、一分で駆けつけられるところにあった。おまけに病院前に駐めたハドソンからは、吾妻屋の玄関が見渡せて客の出入りがわかり、好都合だった。

旅館前の駐車場には、溢れんばかりに親分衆の車が駐めてあった。

五人はもう一度、

「狙いは浪崎一人。他の者には手を出さないように。ただし、拳銃（チャカ）などで反撃してく

る者があったら、攻撃もやむを得ないが、殺さないこと」

を再確認しあうと、車の中でジッと待った。

水谷が猟銃、河合が日本刀を持ち、他の三人が拳銃を懐に呑んでいた。

待つこと十分、二十分、三十分……。八時を過ぎたころ、ようやくそれらしき礼服姿の者が玄関から出てきたと思いきや、親分衆が続々と現われた。宴会が終わったのだ。

彼らはお伴の者の運転する車に乗りこんで次々に旅館を後にする。

おおかたが去ったと思しきころ、河澄が、

「よし、いまだ。乗りこむぞ」

と、皆に合図を送った。

「おお！」

他の者が一斉に応え、車から飛び出すと、五人は一目散に吾妻屋へと向かった。

猟銃を手にした水谷が先頭を切って玄関へ飛びこみ、河合、二橋と続いて、最後に中川と河澄が足を踏みいれた。

このとき、中川がつくづく感心したのは、河澄の落ち着き払った所作だった。

四人とも目を血走らせ、血相を変えて土足のまま旅館にあがりこんだのに、一人、河澄だけは雪駄を脱ぎ、きちんとそれを揃えてから室内へとあがったのだ。まるでよその家を訪う際の普段通りの作法そのままに。

これには中川も感じ入り、

〈こりゃ、やっぱり只者じゃないだ。街道一の親分になれる人だな〉

と思ったのだが、生きるか死ぬかという殴り込みの真最中に、そこまで冷静に他人を観察できる中川という男もなかなかのものだった。

「浪崎ぃ、どこだぁ！」

猟銃を持った水谷が、真っ先に階段をあがって二階の大広間へ直行する。

いま宴会が終わったばかりの広間は、まだ少なからず人が残っていた。おそらく浪崎の若い衆か、三虎一家の関係者であろう。帰宅の途についていない親分衆の姿もあった。

水谷のすぐ後ろを、すでに鞘を払って抜き身を手にした河合が続き、中川、二橋、河澄も遅れずについてくる。

それぞれ武器を持って飛びこんできた彼らを見て、広間にいた者たちは仰天し、部屋中騒然となった。

「浪崎はどこだ!?」

水谷が怒鳴った。広間を見渡しても浪崎の姿はなかった。

「ヤロー！」

そのとき、水谷のほうにサーッと近づいてきた男があった。拳銃を構え、いまにも引き金を引いて水谷を撃とうとした。

が、それより早く水谷が気がついて、猟銃の散弾をぶっ放した。

一発目が相手の腹に入り、二発目が肩に当たった衝撃で、男はすっ飛んでいた。同時に男の拳銃も火を噴いたが、銃弾は誰にも当たらなかった。

水谷の銃撃によって一時は重体となるほど男は深手を負ったが、大事には至らず九死に一生を得た。

後に、関東の強豪、東声会の一門となり、メキメキと頭角を現わして出世し、後年の東亜友愛事業組合（現・東声会）のトップにまで昇りつめることになるこの不屈の男の名は、二村昭平という。

名古屋出身の二村は、当時は三虎一家古溝二代目を継承した浪崎門下の幹部であった。

身内がやられたのを見て、

「ヤロー！　てめえら、よくも」

いきりたった男がいた。

河澄たちもよく知っている〝ノッポ川〟こと河合典郎だった。浪崎の片腕で、若頭格の筆頭幹部であった。

「てめえ、ノッポ川！」

中川や河合廣がいち早く気づいた。ノッポ川が水谷に向けて拳銃を突きつけているのを見て、

「あっ、危ない！」

河合が日本刀を思いきり振りおろした。

「ガシッ」と鈍い音がして、日本刀はノッポ川の拳銃を持つ手を直撃した。血しぶきが飛んで、拳銃は床に叩き落とされ、ノッポ川の指も飛んだ。銃声も鳴った。

「ううっ」とうめきながら、その攻撃から逃れようとしたノッポ川の背に、河合が再び日本刀を振りおろした。

それはノッポ川の背を斬りつけたが、致命傷には至らなかった。

3

大広間はたちまち蜂の巣を突ついたような騒ぎになった。

重装備で乱入してきた五人に対し、迎撃態勢も不備な浪崎の若い衆たちは、散り散りばらばらになって逃げるしかない。

「待てえ、このヤローー！」

河合や水谷が追おうとするのを、河澄が制し、

「浪崎がいるはずだ　ヤツを探せ！」

と四人に命じた。

「よっしゃあ」

中川が一階の帳場のところへ降りると、必死の形相で電話のダイヤルをまわそうとしている男がいた。

どこかで見た顔だと思っているうちに、中川は思い出した。当時の豊橋市長であった。おそらく騒動を知って、一一〇番に電話を掛けようとしているに違いなかった。

中川は市長に拳銃を突きつけた。

「こらっ、電話を下ろせ！」

市長は顔色を失い、あわてて手にした受話器を下ろした。生きた心地もしなかった。たまたまこの夜、吾妻屋で会合があったばっかりに、ヤクザの抗争事件に巻きこまれるハメになったわが身の不運を、市長は心の底から嘆いた。

中川は念を入れて、その電話線をドスで断ち切った。

そこへ二橋も降りてきた。

「浪崎はいたか？」

「いないぞ」

「よし、探そう」

まるで忠臣蔵の吉良邸へ殴り込んだ赤穂浪士のようだった。

中川たちは手分けして、吾妻屋の部屋という部屋を探しまわった。

誰もいない部屋の押し入れを開けると、「キャア！」という悲鳴があがった。見ると、そこには芸者たちが慄(ふる)えながら隠れていて、中川も苦笑せざるを得なかった。

別の部屋の襖をガバッと開けると、五人ぐらいで飲んでいる連中がいた。

「なんだ、おまえは」

中年の男たちは、闖入者(ちんにゅうしゃ)に対し、一斉に不審の目を向けてくる。いずれも人相が悪く、偉そうであった。

「てめえらこそ、誰だ!?」

中川がムカッとして訊(たず)ね返すと、

「われわれは検察庁の者だ」

と言う。検事たちであった。

これには中川も驚き、

「こりゃ失礼しました。しかし、いい身分ですなあ、検事さんたちは」

と、並べられた御馳走や徳利に目を遣(や)りながら、早々に立ち去った。

一階から二階までの部屋を隈なく探しまわっても、浪崎はどこにも見当たらなかった。

「よし、しようがない。警察(サツ)が来る前に引きあげよう」

河澄が指示を出し、五人は急いで吾妻屋を後にした。

市民病院前に駐めていたハドソンに乗りこむと、名古屋方面へ向かって逃走することにした。

運転手をつとめたのは水谷だった。もっとも、五人とも車の運転はできても、免許証を持っている者は誰もいなかった。

当時はまだ東名高速道路はできていない時分で、ハドソンは東海道をひたすら西へと向かった。

当然、警察による緊急配備が敷かれたのであろう、ハドソンは途中で検問に引っかかり、警官にストップを命じられてしまう。

車の中には猟銃と日本刀があり、三人が拳銃を所持していた。絶体絶命のピンチであった。

水谷が車を停めると、警察官がやってきて、

「すみません。免許証を見せてもらえますか」

と告げた。まわりにも大勢の警察官がいた。

そのとき、後部座席に乗っていた中川が、何を思ったか、やおらウインドーを開けるや、警官に拳銃を突きつけ、

「撃つぞ！」

と威嚇した。

これには警官たちがギョッとなって、一斉に地面に伏した。

「いまだ！　車を出せ！」

中川の声に、水谷が車を急発進させ、猛スピードで駆けていく。

追いかけてくるパトカーはなかった。ハドソンは難なく検問を突破し、逃げきったのである。のんびりした時代だった。

岡崎のあたりへ来たころ、中川はどうにも胸が痛くてたまらなくなった。

「ちょっと車を止めてくれんかね」

中川が言うのに、

「どうした?」

河澄が助手席から振り返った。

「いや、どうにも胸が痛いでね。もしかしたら撃たれたのかもわからん」

「そりゃ大変だ」

車を停め、五人は街道沿いのレストランに入ることにした。

4

レストランへ入るや、中川はすぐにトイレへと駆けこんだ。

ジャンパーを脱ぎ、セーターの右胸のあたりを見ても、血ひとつ付いていなかった。

「おかしいな。撃たれとらんぞ。じゃあ、なんでこんなに痛いんだろ」

中川は首を傾げながらもひとりごち、革ジャンの胸付近を子細に点検してみた。

すると、痛む胸の箇所に、明らかに拳銃の弾丸の痕と見られる穴が二カ所あいていた。

中川は肝を冷やした。

〈こりゃ危なかった、そうか、横から入った弾が、ここの……ジャンパーのふくらんだところを突き抜けていったんだな。こら、紙一重だで……〉

どうやらその衝撃による痛みのようであった。

テーブルに戻ると、河澄が真っ先に、

「大丈夫か?」

と中川に、心配そうに声を掛けてきた。

「ええ、ジャンパーに弾の痕があったけど、服だけかすっていったようで、なんともないですわ」

「そりゃよかった」

五人はすぐにレストランを引きあげ、車へと戻った。再び水谷の運転で、名古屋方面へ向けてハドソンを飛ばす。あたりはもうすっかり暗くなっていた。

車に乗る前、河澄がしげしげと中川の革ジャンの弾痕を見遣(みや)り、

「こいつは危かったなあ。連中が拳銃(チャカ)を撃ってきたのは知っとったが、まさかここまでカスっとったとは思わなんだ。中ちゃんも気がつかんかったろ」

と驚いた様子で告げた。

同様に他の三人もこもごも中川のそれを見て、

「ひゃあ、兄弟、危なかったな。間一髪だで。こりゃひとつ間違えば、心臓をぶち抜いとったで」

口々に嘆声を漏らした。

車を走らせてからも、河合が、

「兄弟はこんなことで死ぬタマじゃないからな。弾のほうで心臓を逸(そ)れとったもんだで」

と興奮ぎみに言い放つ。自身も日本刀で、相手のナンバー2である〝ノッポ川〟こと河合典郎の指を飛ばし、背中を斬りつけ負傷させていることもあり、まだ興奮が持続しているのだ。

「ワシもこんなとこをカスっとるとは、いまのいままで気がつかなんだ。人間、ああいう場面になると、わからんもんだなあ。夢中だでな。本当に撃たれとってもわからんもんで。痛いと気づくのは後からだで、まあ、ワシは悪運が強いだ」

中川が苦笑しながら零した。

ハンドルを握る水谷も、それに応えて、

「悪運が強いって言えば、浪崎のヤローよ。あいつを取り逃がしたことだけは返す返すも残念だ。ヤツだけはなんとしてもこの手で仕留めたかったんだが……」

と顔をしかめた。猟銃をぶっ放し、相手幹部に瀕死の重傷を負わせた水谷も、さすがにまだ興奮が冷めやらない様子だ。

「ホントだなあ、兄弟。公会堂のときといい、吾妻屋といい、タッチの差でスルリと逃げやがった。あんなに逃げ足の速いヤツもいねえだ。まったく悪運の強いヤローだ」

後部座席にすわる二橋も同調する。

皆の話を聞いていた河澄が、ここでおもむろに口を出した。

「まあ、しょうがない。オレたちはやることはやったんだ。勝負は運否天賦、どっちが勝っても負けても恨みっこなしだ。今回はオレたちに目が出なかったってことかも知れないが、また必ず次の機会があるだろ。そのときこそはっきり決着をつけてやろうじゃないか」

河澄が言うのに、皆がうなづいた。

ひとり着流し姿の河澄には、えもいわれぬ威厳があった。

中川は先刻来、吾妻屋に乗りこんだ際の、河澄の悠揚迫らぬ態度が、頭にこびりついて離れなかった。

生きるか死ぬかの殴り込みとあって、中川たちの皆が皆、いきりたって余裕もなく、吾妻屋へは土足であがりこんでいるのに、河澄だけは玄関で静かに雪駄を脱ぎ、それをきちんと揃えてからあがっているのだ。

その所作に、中川はいたく感じいってしまった。

〈ああいう場面で誰もができることではないだ。人間というのは、土壇場や瀬戸際になるほど、本物かそうでないか、よく見えてくるって言うが、なるほどその通りだ。この人だけはどこか違うと思っていたが、やっぱり違っとったな。いずれ三河一、いや、東海一の親分になれる人だろ〉

中川に確信が生まれた瞬間でもあった。

五人を乗せたハドソンは、およそ一時間三十分かけて名古屋の大曽根へと到着した。夜九時過ぎであった。世のおおかたの男たちがこの時間、遊郭街へ繰り出す目的はひとつしかなかった。河澄たちが逃亡先として真っ先に大曽根を選んだのも、同じ理由からだった。

殴り込みをかけ、斬った張ったを繰り広げてすっかり高ぶった神経を鎮めるためには、何も考えず遮二無二（しゃにむに）女を抱くのが一番であった。「今夜は遊べるだけ遊べ」ということになったのだ。

ところが、どういうわけか、その夜は大曽根へ来ても、誰もそんな気になれなかった。

「なんでだろうな、今晩は遊ぶ気になれんな」

「ワシもだ」

「おかしいな。こういうときにはいつもより女が欲しくなるはずなんだが、そんな気分が湧いてこんな」

「そんなら無理して遊ぶこともあるまいが」

中川や舎弟たちの様子に、河澄が、

「よし、それなら桑名へ行こか。ワシの知っとる貸元がおるから。そこの親分を訪ねることにしよう」

と断を下した。

5

桑名の貸元は、いきなり訪ねてきた河澄の一行を嫌な顔ひとつせずに迎えいれ、歓待するのだった。

河澄とてそれほど深いつきあいのある親分ではなかったが、その貸元の、河澄を見る目はこのうえなく温かかった。

しかも一行は兇状旅であり、事情を聞けば襲名披露の席への殴り込みという面倒な話なのに、貸元はいっこうに気にするふうもなかった。そこいらの並の親分なら、受けいれるのに二の足を踏み、場合によっては、関わりあいを持ちたくないと門前払いをする者もいるかも知れない。

「そいつは大変だったなあ。よくオレを頼って来てくれたなあ。まあ、ゆっくりしてってくれ」

と、貸元は歓迎の意を示した。

「ありがとうございます。御迷惑をかけるのは重々承知しとりましたが、名古屋まで来たら、なぜか無性に親分のことが懐しくなってきて、ついつい甘える気になってしまいました」

河澄の言葉に、貸元は相好を崩し、

「うれしいことを言ってくれるねえ。ヤクザ者は相身互いだ。ましてワシと君とは知らない仲じゃない。ワシにできることがあれば何でも言ってくれ。力になりたいから」

と請けあった。

その間にも、貸元の部屋住みの若い衆たちが、河澄たちのためにお茶を用意したり、甲斐甲斐しく働いている。

「そのお言葉だけで充分です。もったいなく存じます。貸元の顔を見たらホッとして、自分の肚も決まりました。いっそここで一気呵成に決着をつけたいと思ってます」

「ほう、どうなさる？」

「はい、自分たちはあくまでも初志を貫徹したいと存じます。このまま豊橋へ戻って、浪崎を討とうと思います」

河澄の決然とした物言いに、他の四人――中川、河合、水谷、二橋も力強くうなづいた。

が、貸元は腕を組んで考えこんだ。

「うーん……いや、そいつはちょっと待て。いま行けば、浪崎より何より、警察に全員パクられてしまうだろ。警察が手ぐすねひいて待っとるだろうからな。……待て、ワシが様子を聞いてやる」

そう言うと、貸元は部屋を出て、電話のあるところへと赴いた。どうやら豊橋の知人に電話を掛け、情報をとろうとしているようだった。

「……うん、うん、ほう、そうかい……」

などと合槌を打ちながら先方と熱心に話している貸元の声が、廊下から河澄たちにも聞こえてくる。

やがて話が終わって、貸元が部屋に戻ってきた。

「やっぱり豊橋へ行くのは止めといたほうがいい。警察が総動員で出とるらしい。君らのことはまだ摑んでないようやけど、浪崎のところは当人ばかりか、三虎一家の幹部クラスのとこまで警察が出張って、かなり警戒が厳しいということだな。

君らの事件は地元じゃどえらいニュースになっとるそうや。それに名古屋の親分衆も、今回の一件を何やら大きな問題にしとるいうことやったな」

貸元の説明に、河澄が大きくうなづいた。

「やはりそうですか……わかりました。そうとわかれば、なおさらこれ以上親分のもとにいるわけにはいきません。自分らはすぐにここから失礼させていただきますので……いろいろとお世話になりました」

「何を言っとるんや。ワシのほうは気にすることないで。水臭いこと言うてくれるな。いつまでもいてくれたってええんやから」

「いえ、親分、お気持ちだけいただきます。自分らにも考えることがありますので、失礼さしてもらいます」

「そうか、そんなら無理には引き止めんが、行くとこあるんか」

「ええ、兄弟分同然につきあってる男の心当たりがありますので……」

「よし、わかった。何かあったら、いつでもワシを頼ってこいよ」

と言い、河澄たちのためにワラジ銭まで包んでくれる。

「――親分、そ、そんな……」

「いや、いいんだ。たいした力になれなくて済まんな。気をつけてな」

よその土地にも拘らず、さしてつきあいのない河澄のために、これほど目をかけてくれる貸元がいることに、中川たちは改めて河澄に対して瞠目（どうもく）せずにはいられなかった。

河澄一行五人が、次に向かったところは、愛知県瀬戸市であった。

瀬戸には河澄と昔からの遊び仲間で、兄弟分同然のつきあいをしている田口英一という男がいた。田口はどこの一家にも所属していない、いわば一匹狼の愚連隊であった。

その田口を訪ねようというのだった。

夜はもうだいぶ更け、間もなく日付けが替わって三月一日になろうとしていた。今度の長い道中の車の運転役を買って出たのは、二橋文雄だった。誰が運転するにせよ無免許運転なのは皆同じであった。

河澄たち五人を乗せたハドソンが、桑名から瀬戸の田口邸へと到着したときには、深夜二時近かった。およそ二時間要したことになる。

河澄一行の来訪に、田口は女房ともども寝ないで待っていた。桑名の貸元の家から、河澄があらかじめ電話で連絡しておいたのだ。

「おお、政ちゃん、来たか。御苦労さん。待っとったで」

「英ちゃん、済まんな。世話になるだ。姐さん、御厄介になります」

河澄が挨拶すると、田口が手を振り、

「何を他人行儀なこと言ってるだ。ワシと政ちゃんの仲やないか。気にせんでええがな。ワシの家は政ちゃんの家も一緒や。遠慮のう使うてや」

と応ずる。気持ちのいい男だった。河澄とは「政ちゃん」「英ちゃん」と呼びあう仲で、傍で見ていても、心が通じあった間柄であるのは一目瞭然であった。

これには他の四人も、

「お世話になります」

と頭を下げた。

この田口英一という男も、なかなかの武闘派として知られる男だった。

かつて田口は、岩田信、伊藤利一とともに地元の瀬戸で悪さばかりして始末に負えない半端極道を、地元の賭場所を預かる瀬戸一家貸元の公認のもと、叩き斬ったこともあったほどだ。

それだけ情にも厚いが、真っ直ぐな性分で気性の激しい男だった。そんなところが、河澄と気が合ったのだろう。

その夜、五人は田口の家に泊まり、ぐっすり眠った。

翌日、昼近くに起きだし、五人で今後のことを話しあった。全員一致の結論は、

「どっちみち浪崎は殺らないかん」

ということだった。

そんなところへ思わぬ来訪者があった。

6

「あっ、兄貴!……」

田口家を訪ねてきたのは、浅野大助一門の筆頭舎弟で、河澄の兄貴分にあたる伊藤利一であった。

伊藤の登場に、彼と親しい中川も驚いている。

「兄貴、よくここがわかりましたね」

河澄の疑問に、

「蛇の道は蛇だ。そら、ここだろうってことは、おおかた察しがつくよ」

伊藤は事もなげに答えた。

「参りましたよ、兄貴。で、ここへはなんで……」

河澄には、伊藤利一の訪問が決していい知らせを持ってきたものでないことは、およそ推測がつくのだった。

「うん、河澄、ちょっとばっかし、まずいことになっとるんだわ」

案の定、伊藤の話はいいことではなかった。

「名古屋の親分衆ですね」

河澄が伊藤に先んじて言った。

もとより今回の浪崎襲撃は、肚を括ってやったこととはいえ、狙った場所が襲名披露並びに襲名披露宴という、ヤクザ社会では最も大事な儀式の席であったから、ある種のタブーを侵したことには変わりなかった。

河澄とてわかったうえで、やむにやまれずやったことだった。浪崎との決着をつけない限り、男として一歩も前へ進めなかったし、それをやらずに浪崎に舐められたままでいたなら、どの道、ヤクザとしては終い――との認識が河澄にはあったのだ。

「うん、そうだ。名古屋の親分衆がことのほか強硬でな。どんな事情があるにせよ、掟破りは許せんというわけだな。この世界で一番大事な襲名披露の場を血で染めるというのは、ワシらの顔に泥を塗ったも一緒だ、と……」

はたして伊藤は、河澄が推測した通りの言葉を口にした。

「けど、利いさあ、ワシらがやったのは、浪崎の襲名披露宴が終わって、来賓の名古屋の親分衆が帰った後のことですよ。決して宴会の最中ではないだだ」

つい黙っていられなくて、横から口を出したのは中川功だった。

伊藤が、その中川に目を遣って、苦笑しながら、

「何を言っとるだ、中川、その前、おまえら、いったんは豊橋公会堂で浪崎を狙おうとしとるだろ。それを中村の親分や松本、江崎といった地元の親分衆に止められたんでなかったか」

と指摘した。「中村の親分」というのは、中川の親分に当たる名古屋の稲葉地一家中村真人、「松本、江崎」とは豊橋の愛知熊屋系の松本昭平、江崎鉄平のことだった。

その通りであったから、中川が決まり悪そうな顔になった。

伊藤がさらに説明を続ける。

「それをおまえら、言うことを聞かずに、今度は披露宴のあった吾妻屋でやり直したもんだで、名古屋の親分衆はみんなカンカンだ。とんでもないヤツらだ、って」

どうやら河澄たちは名古屋中の親分衆を敵にまわしたようで、事態は彼らが考える以上に深刻であった。浪崎への再襲撃を敢行するどころではなさそうだった。

河澄が伊藤のほうに身を乗り出して、

「兄貴、今回のことはすべて自分の責任です。自分が何から何まで計画を立て、実行に移したまでのことで、この四人はワシについてきただけの話です。全部、自分が責任を負いますから」

と訴えた。

「うん、わかっとる。浅野の兄貴だって、少しも怒っとりゃせん」

「で、名古屋の親分衆はなんと？　兄貴は親分衆の意向をワシに伝えに来たんじゃないんですか」

「その通りだ、河澄」

「――で、自分らにどのような裁断が下ったんですかい？」

河澄たちが固唾を呑んで伊藤の次の言葉を待った。

伊藤がおもむろに切り出した。

「河澄、おまえの取るべき道はふたつにひとつだ。赤き着物を着るか、白き着物を着るか――だ」

伊藤の口上に、部屋は静まりかえった。

名古屋の親分衆の言わんとするところは明白であった。

河澄たちがこのまま逃走を続け、あくまでも浪崎の命を狙おうというのなら、名古屋の親分衆たちは承知しない、刺客を差しむけ、河澄の命を奪る、つまり、死に装束を着せるということだった。それが〝白き着物〟であった。

〝赤き着物〟というのは、浪崎のことは断念し、おとなしく自首して縛に就けということを意味した。赤き着物が囚人服を指すのはいうまでもなかった。

「なあ、河澄、このまま突っ張ったら、即座におまえら全員が白い着物を着ることになるぞ」

　伊藤が真剣な顔で、説き伏せるように言った。

　それは名古屋の親分衆がすでに刺客を手配していることを意味した。

「わかりました。兄貴、少し待ってもらえますか。いま、四人に、私から話をして納得させますから。返事はその後、すぐに申しあげます」

「うん、そうしてくれ。じゃあ、ワシがいないほうがいいだろ。ちょっと外に出てるだ」

　伊藤が座を外すと、河澄は、この家の主の田口には、

「英(えー)ちゃんはいてくれよ」

　と声をかけた。

「どうする？　河澄さん」

「兄貴、どうするだ？」

　河澄の前に、中川、河合、水谷、二橋の四人が集まった。

7

「みんな、よくここまでワシについてきてくれたな。礼を言う。この通りだ」

河澄政照が皆の前で頭を下げたものだから、驚いたのは他の四人だった。

「滅相もないだ、河澄さん。いまさら何をそんな他人行儀なことを……一緒に死のうと誓ったばかりやないですか」

中川功が真っ先に河澄を制した。

河合廣、水谷昭、二橋文雄の三人も、中川と気持ちは同じだった。一様にグッと身を乗りだした。

そんな一行を、少し離れた席にすわった田口英一が、腕を組んで見守っている。

「中ちゃん、済まなんだな。あんたは親分持ちなのに、ワシのため、中村の親分に逆らわせるような真似をさせてしもたな……」

「何を言っとるんですか。あんたのためやない。ワシのためにやったことですから」

「中ちゃん……」

「それよりこれからどうしますか。ワシはあくまで浪崎を狙ってもええですよ」

中川の肚（はら）は揺るぎなかった。

「いや、そうはいかん。中ちゃんをここで死なせるわけにはいかんだ。何よりあんたのことは、中村の親分のもとへちゃんと帰さなならんからな。ワシは決めただよ」

と言って、河澄が皆の顔を見まわしたので、彼らは固唾を呑んで次の言葉を待った。

「ワシは自首するだ。赤い着物を着ることに決めたよ」

河澄の決心に、

「兄貴!……」

河合、水谷、二橋の舎弟三人は、なんとも言えない顔になった。

彼らと兄弟分の中川は一人、うなづきながら、

「ワシのことはどうでもええだが、そら、ワシらの気持ちとしては、なんとしても河澄さんに白い着物着せるわけにはいかんいうのが、一番ですわ。ぜひそうしてください」

と賛意を示した。

河合が釈然としないというふうに、

「けど、兄貴、ワシは口惜しいですわ。浪崎を殺（や）れんかったのが返す返すも残念ですわ。なんとかヤツとの決着をつけたかったんだが……」

と絞りだすように言った。

中川がその言葉を引きとって、

「そりゃ、ワシとて同じだよ、兄弟。けど、ここで意地を通したら、全員が白い着物を着ることになってしまうだ。あの利いさあの口ぶりでは、どうやらワシらを殺る刺客も、そこらへんまで来とるようだからな。そうなったら、それこそ浪崎もまだ生き残っとるし、こっちの負けになる。ここんとこはひとつ辛抱しようやないか」

「よく言った、中ちゃん。これで終わったわけではないだ。必ずまたチャンスはある。今度は少しばかり長い懲役になるかも知らんが、捲土重来、時期が来たら、そのときこそヤツとのケリをつけ、豊橋を一つにしよう。それまでの我慢だ」

と、河澄が結論を出した。

「そうだな、中川の兄弟の言う通りだ。ワシらがおらんようになったら、豊橋は浪崎の意のままになってしまう。ヤツの天下や。そうさせんためにも、ワシら、まだ死ぬわけにはいかんな」

水谷もようやく納得したようだった。

「じゃあ、兄貴、ワシらも全員出ます」

二橋が河澄に申し出ると、河澄からは、

「いや、とりあえず、ワシと河合が自首するから、中ちゃんと水谷、二橋の二人は逃げてくれ」

との答えが返ってきた。

「えっ？　逃げるって、なぜワシらだけ逃げるのかね？」

中川にすれば、河澄の言葉は意外だった。

「いや、いっぺんにぞろぞろ出ることもないだろ。中ちゃんも、懲役へ行く前にいろいろ整理しなきゃならんこともあるだろうし、それに、先に入るワシらのために、豊橋や名古屋の親分衆の情報を入れてもらわにゃならんし……」

河澄が理由にもならない理由を述べた。要するに、身内でもないのに躰（からだ）を賭けてくれた中川のために、河澄は気遣いしているのだった。水谷と二橋に対しては、おまえら、中ちゃんのお伴をせえ――という意味あいがあったのかも知れない。

そんな河澄の気持ちが中川にも伝わって、

「わかりました。そうします」

と素直に受けた。

そうこうするうちに、伊藤利一も田口邸に戻ってきた。

「どうだ、河澄、決まったか」

と訊ねる伊藤に、河澄が、

「ええ、決めましたよ、兄貴。赤い着物を着ることにしました」

と答えると、伊藤は安堵し、

「そうか、それでええがな。まあ、おまえらにゃ不本意かも知らんが、それが最善策だで。河澄、よく辛抱してくれた。ワシだって、あくまでおまえらが浪崎と戦争するとなりゃ、おまえらをみすみす殺さすわけにゃいくまい。一緒に死なにゃなるまいと思っとったがな。よっしゃ、警察には明日にでも出ればええがな。今日はゆっくりせえ。ほなら、ワシはこれからすぐに名古屋の親分衆に報告に行くで。河澄、体を大事にせえよ」

と言い、名古屋にすっ飛んで帰っていった。伊藤の報告を受けて、名古屋の親分衆はただちに河澄たちに放った刺客らに対し、引きあげ命令を出したのはいうまでもない。

だが、まだその時点では、どんな有力者であれ、喧嘩の仲裁に乗りだすわけにはいかなかった。天秤は一方に傾いたままだったからだ。

その豊橋の喧嘩は、あくまで河澄政照と浪崎重一との個人的なもので、浅野一門、三虎一家という組織とは関係なかったが、いつ一家同士の抗争に発展するとも限らなかった。何より浪崎のほうが、やられたままで黙っているとは思えなかった。ヘタしたら、河澄の兄貴分である名古屋の伊藤利一、あるいはその上の浅野大助まで的にかけることだって考えられた。

もともと浅野大助を首領とする浅野一門は、戦前からの伝統ある博徒でもなければ、名門テキヤでもなかった。戦後、グンと伸してきた、いわば新興愚連隊といっていい一統でしかなかったのだが、その強豪ぶりは地元の名古屋ばかりか、東海地区にまで知られるようになっていた。

いくら豊橋で名門の三虎一家古溝二代目を継承し、売り出し中の浪崎重一といえど、うかつに手を出せる相手ではなかった。

浅野は中京ヤクザの若手たちからも人気があり、「浅野の大さあ」の愛称で慕われている男だった。

8

翌朝――昭和三十二年三月二日、河澄一行は、瀬戸市の田口英一邸を二組に分かれて出発することになった。河澄と河合の二人がハドソンで豊橋に行き警察に出頭し、中川、水谷、二橋の三人はそのまま逃亡生活を続けることにしたのだ。

「じゃあ、英ちゃん、すっかり世話になってしまったな」

河澄が盟友の田口夫妻に礼を言い、他の三人には、

「みんな、達者でな。できるだけ逃げのびてくれよ」

と笑って別れを告げた。

車中の人になった河澄を、田口夫妻と中川、水谷、二橋が見送り、

「政ちゃん、体だけは大事にな」

「河澄さんもお元気で」

「兄貴、自分らも後から行きます」

と、それぞれが声をかけた。

その日夕方、河澄は豊川市の通称〝イナ辰〟という舎弟の家で、密かに浅野大助と会った。河合は一人、先に豊橋警察署へ出頭して出ていった。

「そうか、松月堂が出頭したのか。今回はおまえも何かと大変だったろう」

浅野がイナ辰の家で顔を合わせるなり、河澄をねぎらった。「松月堂」というのは、地元の老舗和菓子店の息子である河合廣の愛称だった。

「ええ、おっつけ自分も出頭しますから、ヤツにはもう自分らのことはなんでも喋っ

ていいと言っときました。どうせ警察にはもう全部バレとると思いますから」

河澄は事件を起こしてから瀬戸の田口邸までずっと着物姿を通していたが、いまは背広に着替えていた。

「で、テルちゃんとは会ったのか」

浅野は河澄の妻の名を口にした。

「いいえ、もう警察がびっしり張りついとるもんで、それどころじゃないですわ」

「そうか、警察はもうそこまで摑んどるんだな。ふーむ、なんとか会わせてやりたいもんだで……」

「とんでもありません。うちのヤツは、こんなこと慣れとりますから、平気ですよ。気にせんでください。それより親父さん、今度のことで、名古屋の親分衆がとんだ御立腹とか。親父さんにはどえらい御迷惑をかけてしまって、申しわけなく思っとります」

河澄が浅野に深々と頭を下げた。

「なあに、どうってこたあねえよ。いいんだ。オレがおまえでもやっとるがな。それで名古屋中の親分が反目にまわる言うんなら、しょうがない。オレだって〝中京七人衆の浅野〟と言われとる男だ。受けて立つで」

「親父さん……それもこれも、ワシが浪崎を討ち損じたばっかりに……」

河澄が無念このうえない顔になったので、浅野が、

「おい河澄、おまえ、さっきからしおらしいことを言っとるが、本音はそれだろ。なんのことはない、浪崎を討ち損じたことが口惜しいだけなんだろ。ウワッハッハッハ……」

と高笑いした。ひとしきり笑った後で、真顔になり、

「まあ、いい。今度は少しばかり長い懲役(つとめ)になるかも知らんが、元気につとめて来い。後のことは心配するな」

と言い、奥のほうに向かって、

「おーい、酒だ」

と呼ぶと、イナ辰が盆でウィスキーのジョニ赤とグラスを運んできた。

「しばらくおまえとは一緒に酒を飲めなくなるなあ。今日はうんと飲もう。シャバでの飲み納めだ」

浅野がしみじみと言った。

「親父さん、ありがとうございます。帰ったら、今度こそ親孝行させてもらいます」

「うん、体を大事にな。おまえが帰るのを首を長くして待っとるで」

浅野が目を細めた。

二人は、イナ辰が注いでくれたウィスキーのグラスを合わせた。

結局、河澄はこの事件で懲役七年の刑を受けて岐阜刑務所に服役するのだが、浅野がその帰りを待つことは適わなかった。

河澄にしても、まさかこの日が浅野との永遠の別れ、文字通り最後の晩餐になろうとは、神ならぬ身で知るよしもなかった。

浅野はこの三年後の夏——昭和三十五年八月十八日、ヒットマンの兇弾に斃(たお)れ、四十七年の生涯を閉じるのだ。河澄が岐阜刑務所に服役中の折のことで、入所して四年目、残り三年の刑をつとめている最中の事件であった。

〈親父さん……〉

河澄は獄中で痛恨の涙を流した。

しかも、運命の皮肉というのか、そのヒットマンは誰あろう、河澄が最も仲良くし、この吾妻屋事件でもともに躰(からだ)を賭けた間柄の稲葉地一家豊橋支部長である中川功の舎弟にあたる男だった。

その中川功は、瀬戸で河澄たちと別れた後、水谷、二橋とともに名古屋へ行き、しばらくそこで腰をおろしていた。

「オレの姉さんのところへ行こうや」

と言う水谷の誘いに乗り、三人で厄介になっていたのだった。

水谷の姉は、名古屋で米進駐軍将校と一緒になっていた。いわゆる〝オンリー〟といわれる米軍将校の日本人妻である。

ニコラス・ジョー・フェラニーニという将校の自宅は大きく、三人の居候を受けいれてもまだ充分な広さだった。

ニコラスはいかにもアメリカ人らしい陽気な男で、中川たちに対し、

「ユーたちはジャパニーズ・ギャングか。オー、ワンダフル！」

と言って歓迎し、葉巻きや高級缶詰をくれるばかりか、日本では手に入りにくいスコッチ・ウィスキーまで飲ましてくれるのだ。

中川が持っているアメリカ製38口径拳銃を見ても、驚きもせずニヤッとして、

「おお、いい拳銃持ってるな。オレの仲間から手に入れたんだろ」

と、中川がその拳銃を、ニコラスと同じ米進駐軍関係者から入手したことまで即座に見抜いた。おまけに、

「それなら、弾も必要だろう」

と、部隊の販売所（ＰＸ）から38口径拳銃の実弾まで買ってきてくれるのだ。

中川には大助かりであった。

9

水谷の姉の家に十日ほど滞在した後で、三人が向かった先は東京であった。名古屋空港から飛行機に乗って羽田へ飛ぶという、これ以上ない贅沢な逃状旅であった。昭和三十二年当時、飛行機に乗れる日本人というのは、まだきわめて少なかった時代である。

東京へ着くと三人は羽田空港近くのホテルに一泊した。その間、東京の知りあいのヤクザから連絡が入り、

「アパートを借りられたよ。新宿だ」

とのことだった。

三人はホテルを出て新宿へ移動し、アパートへと入り、その日から新宿暮らしが始まった。まだ歌舞伎町に尾津マーケットがあった時代で、三人は毎日のようにそこへ行っては飯を食べたり、国際通りや二幸裏、要通りなどをほっつき歩いた。

彼らに定期的に生活費を送金してくれていたのは、河澄の姐のテルであった。

夫も収監されている身でありながら、その金の捻出も容易なことではなかったはずだ。その姐の苦労を考えたら、さすがに彼らも女遊びや博奕をしたりすることはできなかった。

そうこうして二カ月ほど経ったときのことだ。

中川がアパートでなんとはなしに部屋にあった三流暴露雑誌を手にとった。誰が買ったのか、最新号だった。

中川は暇にあかせて、それを寝ころびながら読みだした。読むといっても拾い読みで、次々と頁を繰っていくだけだった。

が、そのうちにある頁で視線がピタリと止まった。中川は顔色が変わって、

「なんだ、こりゃ!?」

とガバッとはね起きた。

たまたま水谷と二橋も部屋にいたので、

「なんだ、なんだ、兄弟、どうしただ?」

と中川のほうをポカンとして見遣(みや)っている。

「この雑誌にワシらのことが載ってるだよ」

中川がそう言ったものだから、

「なんだって!?」

「それはホントか？」

二人ともびっくりしている。

中川がその頁を一心に読みだした。

その様子を見て、水谷と二橋が中川の読み終えるのを黙って待った。

読み終えるや、中川は、

「こりゃ、まずいだ。ワシらのことがあることないこと書かれとる。ほとんど間違いだらけだが、合ってるところもあるだ。吾妻屋事件のことは結構正確に掴んでるだ。よく調べとる。これ、見てみろよ」

と言いながら、雑誌を開いたまま、水谷に手渡した。二橋もそれを覗きこんだ。

「どれどれ、なんだ、これは!? 『血塗られた三つの挨拶』とあるぞ」

水谷が大声でタイトルを読みあげると、中川が、

「三つの挨拶っていうのは、一つはこの間の三虎一家古溝二代目襲名披露、それからその前の古溝先代の葬式、三つ目はそれより以前に、浪崎とワシんとこで揉めたパチンコ屋の景品買いのことを指しとるんだな。つまり、今度の吾妻屋事件が起きた三つの因縁を書いとるんだで」

と説明した。それには水谷も感心して、

「へえ、そりゃ、よく調べとるでないの。あちゃ、ワシらの名前と写真まで載っとるだ。兄弟のは男前に撮れてるが、ワシは人相悪いだ。なに、なに、『黄色いハドソンで逃亡』だと？　黄色じゃないわい。シルバーだでよ……」

と、勝手な感想まで言いだした。

「兄弟、呑気なこと言っとる場合じゃないだ。犯人は東京方面に潜伏中か――って書いてあるぞ」

「なんだって!?　そら、ヤバいなあ」

「そろそろここも引きあげる時期が来とるってことだな」

「どこへ行こか？」

「ワシも考えとったんだが、岐阜の大垣にワシの知っとる連中がおるだよ。昔からの仲間だから心配ない。大垣へでも行くか」

「うん、そんなら、そうさせてもらおか。兄弟、頼むだ」

こうして三人はそそくさと東京・新宿を引きあげ、岐阜・大垣へと移っていった。むろん今度は飛行機ではなく、丸一日かかるような鈍行列車での旅であった。

大垣へ着くと、先に連絡してあったので、中川の古い仲間が三人を迎えてくれた。

昔、中川に世話になったという〝ゴロ一〟の通称で呼ばれる男だった。

ゴロ一は、中川を「兄貴」と呼んだ。

「兄貴、部屋を用意してありますので、汚ないところですが、当分の間、そこを使ってください」

と言って案内してくれたところは、古ぼけた旅館で、いまはほとんど客も泊めていないという。ゴロ一の関係者のものらしかった。そこの一部屋をアパート代わりに使えというのだ。

「すまんな、ゴロ一、助かるよ」

中川が礼を述べると、

「何を言うんですか、兄貴、こんなところしか用意できなくて申しわけないですが、まあ、ここなら警察（サツ）のほうも大丈夫ですから」

と、ゴロ一が請けあった。

「おお、ありがとう」

中川、水谷、二橋の三人は、ここで二カ月近く滞在することになった。その間、競輪のノミ屋を開いて、シノギとした。ゴロ一が客を集めてくれたのだ。

そんなある日、中川のもとへ名古屋から連絡が入った。

兄貴分の稲葉地一家・中村照治からのものだった――。

10

「おい、中川、いつまでもそっちへおっても、しょうがないだろ。河澄は自首したことで、もう名古屋の親分衆とも話はできとるで。名古屋へ来んか」

中村照治の誘いは、中川功には願ってもないことだった。が、気がかりだったのは、今度の事件で心ならずも意に反する結果となってしまった親分の中村真人のことだった。

「親父は怒っとりませんか」

恐る恐る訊ねると、

「ああ、兄貴は何も怒っとりゃせんで。それより、おまえのこと、うんと心配しとるわ」

との照治の答えが返ってきた。

中川はホッとして、

「はあ、わかりました。そういうことなら喜んでそうさせてもらいます。兄貴の言う通りにしますわ」

と声を弾ませた。

水谷昭、二橋文雄とともに東京から大垣へ来て二カ月、ここでの暮らしにもそろそろ飽きが来た時分だった。〝吾妻屋事件〟を起こしてすぐに逃亡生活に入り、桑名、瀬戸、名古屋、東京、大垣と各地を転々とした兇状旅も、早半年近くになろうかとしていた。

「久しぶりに兄貴や親父の顔が見れるだ」

電話を置くと、中川がうれしそうにひとりごちた。

さっそく水谷と二橋にその旨を告げると、

「そうだな、兄弟、もうそろそろここも潮どきかも知れんな」

「うん、ゴロ一さんにはすっかり世話になったが、ぼちぼち移動の時期だで」

こもごも賛意を示した。水谷が二人に、

「中川の兄弟は名古屋へ行けばいいだ。ワシは一人者やから平気だが、二橋の兄弟は女房子どものおる身で、カミさんにも会いたいだろ。どうだろ、ここらで三人、別々にやっていこうやないか」

と提案すると、

「そうしようか」

「ずっと三人だったから、別れるとなると寂しくなるが、すぐまた会えるだろ」

中川、二橋ともその気になった。

かくて中川は名古屋へと移った。中川にすれば名古屋はホームグラウンドのようなものでよその土地という気がしなかった。その分、警戒心が薄くなったのか、警察に情報が洩れるのも早かった。

名古屋へ来てよくよく経たないある日のことだった。夕方、中川は大勢の若い者を連れて、中村区の喫茶店へ入った。中川がたまに顔を出す、旨い珈琲の飲める店だった。

間もなくして、十人あまりの連中がドカドカと店へ入ってきた。

「なんだ、なんだ、ガラの悪い連中がやって来たで」

中川が聞こえよがしに言ったのは、彼らをすぐに警察と気づいたからだった。

どこかで見たことのある顔も混じっていて、誰だったかなと思い出そうとしているうちに、向こうから、

「おい、中川、逮捕に来たぞ」

と声をかけてきた。豊橋警察署の刑事であった。

「ああ、あんたか。御苦労なこった。待っとっただ。そろそろ来るんじゃないかと思ってな」

中川は覚悟を決めた。季節はもう夏も終わろうとしていた。

「よし、観念しろ」

一統は豊橋署だけでなく、名古屋の中村署、中川署からも来ていた。

「ええよ。ただな、このままではワシも行けんでな、親分に連絡するわ」

中川が言い、若い者からただちに中村照治に連絡が行き、照治がすぐに中村真人に電話を入れた。

間もなくして中村真人がタクシーですっ飛んできた。

真人は警察と交渉し、

「中川をパクるのは一日待ってくれないか。必ず明日の朝、出すから。ウソは言わん。オレも名古屋の中村真人だ。信用してくれ」

と中川の逮捕を明日まで延ばしてくれるように頼んだ。

了解をとると、真人は中川を中村の遊郭・名楽園の「春里」へ連れていった。そこは真人の実兄である伊勢森一家総裁の中村忠吉が営む旅館だった。

そのうえで、真人は豊橋へ連絡をいれ、中川の妻を呼びだした。警察へ出頭する前に、夫婦水入らずで会わせようという真人の粋な計らいであった。

「しばらくシャバを離れるんだ。今後のこと、おっかあと一晩ゆっくり話しあえ。その代わり、明日の朝には警察へ行ってくれ。頼むぜ。ワシの顔、潰さんでくれよ」

「わかりました。親父、何から何まで……」

中川は親分の恩情が胸に沁みた。

翌朝、「春里」へ前日と同じ豊橋署の刑事が中川を迎えに来た。

中川は妻と別れ、パトカーに乗った。そのまま豊橋署へと送られることになったのだ。

すでに水谷は岐阜で、二橋も名古屋駅で逮捕されており、中川が最後に残された一人だった。これによって吾妻屋襲撃事件の関係者は全員が逮捕されたのである。

それぞれ河澄は懲役七年、河合と水谷が懲役五年、中川が懲役三年、二橋が懲役二年という判決が降りた。

河澄たちが懲役刑をつとめることで、三虎一家古溝二代目浪崎重一との抗争も、うやむやのうちに終わりとなって、正式な手打ちには至らなかった。

結局、そのことが後々まで禍根を残し、河澄の出所後、両者の間で再び抗争が勃発し、昭和三十九年の豊橋抗争へとつながるのだが、それはまだだいぶ先の話である。

第三章　浅野大助射殺さる！

1

昭和三十五年八月十八日深夜、一台のルノーが名古屋市坂下町一丁目のアパート「いこい荘」前の道路に停まった。

ルノーに乗っていたのは、稲葉地一家中村真人の若者・柴山功と、その兄弟分である同一家の東森高男と村下淳二であった。

「ここだな」

運転手をつとめた東森が、目の前の「いこい荘」を見あげて、助手席の柴山に確認した。

「おお、そうだ」

柴山がうなづいて時計を見た。針は午前一時四十五分を指していた。盆を過ぎたのにまだ秋の気配は感じられず、真夜中でも暑かった。

「いこい荘」は瀟洒な二階建てのアパートで、そのシャレた外観は周囲でも目を引いた。

「兄弟、大さあは間違いなくここにいるんだな」

後部座席にすわる村下が、柴山に声をかけてきた。

「ああ、間違いない。一階の左側一番手前の部屋だ。十九の情婦のために借りてやってるアパートだからな。いまごろはそのスケとお寝んね中だでな。いい夢見てるころだろ」

と、柴山は応えながら、自分の声が震えてもいないことで、自信を持った。

〈大丈夫だ。オレは少しも怖じ気づいていない。しっかり肚は括っている。これならやれる！〉

と懐のブローニングを握り締めた。

もうとっくに覚悟を決めたことだった。柴山に何ら迷いはなかった。

〈夕べは兄貴にも会って酒を酌み交わし、それとなく別れを告げたでな。兄貴もまさかオレがこんなことをやるとは夢にも思っとらんだろ。今日のニュースを知ったらビ

ックリするだろな……〉

柴山は兄貴分の中川功のことに思いを馳せた。前夜はいきなり豊橋まで中川を訪ね、一緒に酒を飲んだのだ。

「何だ、柴山、どういう風の吹きまわしだ」

中川もなんの用事もなしに訪ねてきて酒を飲みたいという舎弟を歓待したものだ。

〈けど、兄貴、済まない。兄貴と一番仲のいい河澄さんの親分にあたる人をオレは殺ることになるだ。兄貴の立場を失くしてしまうかも知らんで……堪忍してくれ〉

柴山は胸の内で中川に詫びた。

「兄弟……」

おし黙った柴山を、運転席の東森が心配そうに見遣っている。

「うん、じゃあ、行ってくる」

柴山が助手席のドアを開けて、ルノーから降り立った。

「気をつけてな」

東森と村下がその背を見送った。

直後、柴山の姿はアパートの中へ吸いこまれていった。

「いこい荘」の玄関を入ると、一階の廊下の両側に四室ずつ八室の部屋が並び、左側一番手前の一号室が、柴山の目当ての部屋だった。

「大（だい）さあ」こと浅野大助の情婦の部屋である。

部屋の灯りは消え、窓からは小さな明かりしか見えない。

その部屋の前に立ち、柴山は静かにドアをノックした。

何の反応もなかった。

もう一度、今度は強くノックする。

起きてくる気配があり、十九の娘がやってくるのがわかった。

「どなた?……」

眠たげな不機嫌そうな声がして、女が無防備にドアを開けた。

その瞬間、柴山はドアを手で押さえ、娘に拳銃を突きつけた。女が息を呑んだ。恐怖のあまり、声も出なかったことが、柴山には幸いした。

柴山は女をはねのけるようにして、部屋へ飛びこんでいった。

奥の部屋の薄明かりの下に布団が敷かれ、そこに寝巻き姿で半身を起こしている人影があった。

紛れもなく、柴山のよく知る浅野大助その人であった。

「大さあ！　命をもらうぞ！」

「誰だ!? おまえは!」

浅野が誰何した後で、その手を懐に伸ばしたように、柴山には見えた。

柴山は夢中でブローニングの引き金を引いた。一発「パーン!」、二発「パーン!」、三発「パーン!」、四発「パーン!」……。

両手で拳銃を構え、しっかりと腰をおろし浅野に狙いを定めた。

柴山が撃ちこんだ七発の銃弾は、浅野の頭、顔、胸、腹、太股など、その体に悉く命中、浅野は即死状態で息絶えた。

〝中京七人衆〟といわれ、「代官町の大さあ」の愛称で中部地方にその人ありと謳われた浅野大助は、四十七年の波瀾の生涯を閉じたのだった。

柴山はその足で千種警察署へ赴き、

「たったいま浅野大助を殺してきた」

とブローニング拳銃を持って自首した。

柴山は警察の取調べに対し、

「五日ほど前、中区広小路通りで女と二人連れで歩いていた浅野さんを見かけ、『大さあ、今晩は』と挨拶したところ、『若いのに生意気なヤツだ』と殴られた。それに憤慨し、仕返しするために今回の挙に出た」

と自供したが、むろんそれは真相からは程遠いものだった。

千種署の見解は、

「被害者の浅野さんがセントラル新聞社の名で白タクを営業しており、パチンコ店の用心棒、いかがわしい写真や興行などをやる新興暴力団の親分であり、柴山が単に個人的な恨みで殺したという供述には疑問がある」

というもので、

「背後に勢力争いがあるのではないか」

と見ていた。

地元紙はこう報じている——。

《被害者は子分約百五十人という愛知県下でナンバーワンの愚連隊勢力を擁する〝代官町一派〟の首領。県下のいわゆる暴力団は約二百団体、三千人で、そのうち大物は十二、三団体で、代官町一派もその一つだった。

浅野さんは傷害、恐カツ、トバクなどの犯歴が十回ほどあり、三十二年には豊橋市内の三虎一家の襲名披露へ〝招待がなかった〟と、子分数人が猟銃や日本刀をもって三虎一家へなぐり込みをかけたこともある。

三十三年には兄弟分を助けに福井へなぐり込みをかけようとしたこともあり、同年十一月には名古屋の今池付近の愚連隊と代官町一派がパチンコの景品買いで対立を続けたことなど事件が絶えなかった。

県警捜査二課では、被害者が代官町一派の首領であったのに対し、加害者は別の流れをくむN社一派に属するので、事件のきっかけとしては女の面前で被害者が柴山をなぐったというささいなものではあるが、その底には両者が反目し合う長い〝うっせき〟があったのではないかともいっている。

なお同課では、被害者が一派の首領であっただけにその死後復しゅう的な行為や、さらにナワ張り争いなどで新たな紛争が起きることを警戒してその動きの掌握に努めている》

2

その一報を聞いたとき、中川功はわが耳を疑い、愕然とせずにはいられなかった。

「なんで柴山が、浅野の大(だい)さあを……なぜだ?……」

可愛いがっている舎弟が、どうしてそんな事件を起こしたのか、中川にはわけがわからなかった。

〈ましてワシと河澄さんとの関係を、誰よりもよく知っとる柴山が、よりによってなんで河澄さんの親分を殺らなきゃなんねえんだ？　……わからん〉

中川は頭を抱えた。

中川が河澄とともに〝吾妻屋事件〟を起こしたのは、三年前の昭和三十二年二月二十八日のこと。その事件で懲役三年の刑を受け、富山刑務所に服役していた中川が、それをつとめ終え、無事に出所したのは、つい先日のことでまだ一カ月も経っていなかった。

そこへいきなりこの事件である。中川の受けた衝撃も大きかった。

「兄貴、大丈夫ですか」

中川に電話で事件を知らせてきた名古屋の舎弟が、急に黙りこんだ中川に対し、受話器の向こうから心配そうに訊ねた。

「――そうか、あのヤロー、昨夜ワシのとこへ来たのは、大さあを殺ると決めてて、ワシに別れを言いに来やがったんだな……」

中川が思い出したように喋り出した。

「えっ、柴山が前の日、兄貴のところへ行ってるんですか」

「うん、来てるだよ。一緒に酒を飲んだ。ヤロー、そんな気配はおクビにも出さなかったた。思いつめてる様子もまるっきりなかったな」

「そうだったんですか」

「まあ、いい。わかった。おまえらも用心しろよ」

中川は電話を切った。

いろいろ考えているうちに、中川にひとつだけ思いあたることがあった。

中川が富山刑務所を出所したとき、地元の豊橋はもとより、名古屋中の錚々たる親分衆を始め、北陸の金沢や三重の四日市からも関係筋が駆けつけ、盛大な放免出迎えが執り行なわれている。

それほど盛大なものとなったのは、中部地区の実力派親分である瀬戸一家の橋本寅次郎が音頭をとったことも大きかったであろう。

中川にすれば、身にあまる光栄であった。御礼の挨拶のときには、一統に深々と頭を下げて感謝するとともに、今後の精進を誓ったものだ。

その翌日、中川は親分の中村真人から、

「中川、おまえ、大さあから受けとったか」

と訊かれた。

「何をですか」

中川には身に覚えのないことだった。

「何をって、おまえ、昨日、ワシが大さあに頼んだんだがな」

「えっ、ワシは何も受けとってませんが……」

「何!?　ふーん……そりゃ、おかしいな」

そのとき、中川が不審に思ったのは、親分・中村真人の険悪な様子を見てとったからだった。

〈あれっ、親父、大さあとの間で何かあったのかな。渡した渡さんなんてことは調べればすぐにわかることだし、おおかた大さあがうっかりワシに渡すのを忘れとるってだけのことだろ。ワシの留守中、何か揉めごとがあったんだろか……〉

と気になったのも確かだった。

浅野大助と中村真人は昔から同じ名古屋の代官町に居を置いて、悪い関係ではなかったはずだ。いや、むしろいいつきあいをしてきたのは、誰もが知っていることだった。

それだけに中川にはひっかかるものがあったが、そのことを中村真人にも問い質さなかったし、他の稲葉地一家の者にも聞いたわけではなかった。

その場限りで、それきり忘れてしまっていた。

「いったい何があったんだろ？……柴山のヤツ、長いつとめになるで、その前にワシに会いに来たんだな…」

中川は呆然となり、ひとりごちた。

七年の刑を岐阜刑務所で服役中の河澄が、親分・浅野の死を知ったのは、面会に来た妻のテルから聞いてのことだった。

「何、親父が!?　……それは本当か」

刑務官が立ち会っている手前、大きな声は出せなかったが、やはりショックは隠せなかった。

残刑が三年もあるわが身が、河澄には恨めしく歯がゆかった。

「いったい誰が……」

新聞は墨が塗られて真っ黒であったから、よほど大きな事件があったのだろうとは思っていたが、まさか親分の浅野大助が殺されたものとは、河澄は夢にも思っていなかった。

もっと信じられなかったのは、親父を手にかけた相手を知ったときのことだった。

「なぜだ!?　なぜ、中ちゃんの舎弟の柴山が……なんで中村の親分の一統が、うちの親父を殺らないかんだ？……どうしてなんだ？……」

河澄にはまるでわからず、獄中で地団駄を踏み、胸をかきむしりたい思いがした。

だが、おそらく中ちゃんには与かり知らないことだろう――とは、河澄にもおおよその察しはついた。

「いいか、決して先走ったことはしないように」

河澄はテルを通して、獄中から若い衆に向けて指令を出した。

3

中京ヤクザ界を激震が走った浅野大助射殺事件――。

「これは大変なことになった。こうなったら、事はそう簡単には収まりがつかんだろ」

とは、衆目の一致するところであった。

というのも、事件より前に、浅野は神戸に本拠を置く本多会会長の本多仁介の盃を受けて本多会一門となっており、もはやただの一本どっこの愚連隊の身ではなくなっていたからだった。

本多会といえば、同じ神戸の山口組と勢力を二分するとされ、これより三年前の昭和三十二年には、徳島県小松島において、山口組との間で〝小松島抗争〟といわれる激烈な抗争を繰り広げていた。

「今度は本多仁介親分の大事な若い衆が殺されたんだ。本多会が黙っとらんだろ。必ず報復に動くはずや」

と見る向きも多かった。

事実、本多会の一統は事件が発生するや、ただちに神戸と四国から三百人を越える兵隊を名古屋に送りこんでいた。そんな状況下、

「スワッ、こりゃ大抗争に発展するぞ！　名古屋が血の海と化すんじゃないか」

との声も飛び交って、中京ヤクザ界はにわかにキナ臭くなった。

だが、その事態をいち早く懸念して、

「こら、いかん。喧嘩がこれ以上大きくなるようなことがあっちゃいかん。なんとしても止めねば……」

と抗争収拾のために、腰をあげた親分衆の存在があった。

地元名古屋の長老である高島三治、関東からは港会の並木一家総長の並木量次郎、名古屋の吉井金太郎、岩田扇太郎といった親分衆であった。

彼らは和解調停へ向けて奔走することになり、真っ先に赴いたのは神戸であった。可愛い若い衆を殺されている側の本多会会長本多仁介と会い、手打ちの話をするためだった。最難関の交渉である。

本多仁介は明治三十一年、神戸に生まれ、血気盛りの十代のころ、初代大嶋組組長の大嶋秀吉の身内となった。

九州の大親分吉田磯吉門下である大嶋は、「運河の親分」と呼ばれ神戸ヤクザの本流とされる。大正から昭和にかけて、飛ぶ鳥を落とす勢いの大嶋組は、初代山口組組長山口春吉を始め、全国から流れてきた屈強の若者を多数抱えた。

大嶋組の若衆となった本多仁介は、組の抗争に連座して四度服役するなど頭角を現わし、「大嶋組四天王」の筆頭にのしあがった。

昭和十三年七月、神戸を襲った大水害を機に、その復興工事を請け負うための土建業「本多組」を設立する。二年後には大嶋組から独立して本多組を結成した。

その後、土建業のほか、倉庫業、沿岸荷役、劇場経営にも乗り出し、昭和二十五年には、本多組を「本多会」と改称した。そのころには本家筋の大嶋組を上まわる勢力を持つに至り、兵庫県下ばかりか県外にも勢力を拡大し、関西有数の大組織となった。

ただ、武力による地方進出は絶対に図らず、本多は神戸の名士としてもその名を知られていた。

　それだけに会員に対しての躾には厳しいものがあり、新会員を迎えるに当たっては、独自の「五箇条誓文」に基づいて、厳しくチェックした。婦女暴行など破廉恥罪の前歴がある者や、正業を持つ意志のない者に対しては入門を許さなかったという。

　当時の本多仁介について、兵庫県警資料はこう記している。

《四階建ての貸しビルを建設したり、港湾荷役、倉庫業、映画館等を経営し、ここから上る年間収入は莫大なものとなり、巷間言われる博徒の親分衆とはケタ違いのスケールを持った人物である》

　ちなみに本多仁介は、この浅野大助射殺事件の三年後、昭和三十八年七月二十六日に引退するのだが、その日、神戸市生田区のキャバレー「新世紀」で行なわれた初代引退二代目襲名の披露宴はマスコミの大きな話題を呼んだ。

　初代の本多が引退し、平田勝市が二代目を継承したこの儀式には、自民党の有力政治家が多数列席したのだ。

　その筆頭は党人派の領袖・大野伴睦で、挨拶に立った大野は、

「人情、義理、任俠というものは日本の伝統であり、政治の根本であろうと思う。私の感じでは、吉良の仁吉とはまさに本多さんのような人であろうと思う」

と義理・人情、任侠を礼讃し、本多を本物の任侠人として称えた。

その本多が、仲裁人として神戸まで訪ねてきた高島三治、並木量次郎、吉井金太郎、岩田扇太郎一行を迎えて、

「これはこれは高島の親分はん、それに並木はん、吉井はん、岩田はん、こんな遠方まで足をお運びくださって、誠に恐縮です」

と、その労をねぎらい、一行に敬意を表わした。

ことに同じ兵庫出身で明治二十八年生まれ、自分より三歳年上の高島に対して、本多は精一杯立て、上座に着かせようとした。

それを辞退して、高島が仲裁人としての挨拶を述べた。

「このたびは、本多会長におかれましては、大事な若い衆さんを亡くされ、心よりお悔やみ申しあげます。私どもを始め、名古屋の親分衆は皆、心を痛めております。会長の心中、察するに余りあります。ですが、会長、なんとかここはひとつ、今度の間違い、手仕舞いの方向で考えていただけませんでしょうか。

今日は何の用意もしてきておりませんが、その手仕舞いのために、会長のほうで何か望まれるものがありましたら、先方さんのできる範囲で用意を整えさせたいと思います」

高島の口上に、本多が手を横に打ち振って否定する素振りを見せ、

「いやいや、高島の親分はん、仰られてることは、手打ちに当たっての落とし前——お土産のことやと思いますが、私ら、そんなお土産は何ひとついりません」

ときっぱり言った。

「はあ」

「ですが、ただひとつ、条件があります」

本多の言葉に、一同は緊張の色を隠せなかった。

「はあ、なんでしょうか」

4

今度の場合、本多会側から少々無理な条件を突きつけられたとしても、一方のほうは文句を言えた義理ではなかった。なにしろ、大物若衆が一人、死んでいるのだ。

最悪のことを想定すれば、

「名古屋で本多会の代紋を揚げさせてくれ。その条件を呑んだら、手打ちに応じてもいい」

との難題を持ちだされてもおかしくなかった。

高島は、本多の次の言葉を待った。

本多が高島に目を遣って、静かに語りだした。

「条件というのは他でもありまへん。今度の事件の関係者、誰一人、処分を下したり、罰したり、身を削ぐような真似だけはさせんでください。破門や所払い、カタギになることもありまへんし、指を詰めることも頭を丸める必要もあらしまへん。どなたもお咎めなしにしたってくんなはれ。その代わり、死んだ仏が寂しい思いをせんように、立派な葬式を出したってくれまへんか。それだけが私の条件――というより、お願いですわ」

本多の弁に、高島ばかりか、並木や吉井、岩田も皆、胸を打たれたようだった。すぐには返す言葉も出てこなかった。

高島も胸が詰まって呆然となり、

「本多会長、それだけでよろしいんですか」

と訊ねずにはいられなかった。

本多から「条件がある」と言われたとき、一瞬たりとも、いかに無理難題を言い渡されるかと身構えた己が恥ずかしかった。

〈さすがに「神戸の本多仁介」と謳われた男よ！〉

と内心で唸った。

「仲裁は時の氏神と申します。ありがたいことですわ。私らにしても、世間をお騒がせするのは本意ではありまへん。この一件、すべて黒ブタで親分衆にお任せしますさかい、どうかよしなにお願いいたします」

本多が頭を下げると、高島以下四人の親分衆がそろって深々と叩頭した。

こんな肚の大きな度量のある親分がおったのか――との感慨は、仲裁人一同のものだった。

こうして仲裁人の奔走もあって、浅野大助射殺事件は晴れて手打ちの運びとなり、懸念された抗争拡大にはならず、関係者をホッとさせた。

が、手打ち式当日、列席した親分衆の間から、

「おかしいやないか。片方は、中京七人衆と謳われた浅野大助ほどの親分が殺されてるんや。それを条件なしの黒ブタの手打ちというのはおかしいで。どう見たって、片手落ちやないか」

と批判の声があがった。

それは、浅野大助を射殺した若者の親分である、稲葉地一家の中村真人に向けられ

たものといってよかった。

中村は手打ちに列席した当事者稲葉地一家側五人の筆頭格として、式に臨んでいたのだ。

浅野側の出席は、本多会若頭の平田勝市を始め、伊藤利一や浅野の主な舎弟たちだった。

そして、この手打ち式の媒酌人をつとめたのが、瀬戸一家の長老・土本豊であった。

秤が一方的に傾いたままの状態で、犠牲を強いられたほうとやりっ放しのところとが、無条件の五分の手打ちというのはおかしいのではないか――と批判した者たちに対して、土本が説明に当たった。

「何を言ってるんですか、皆さん。この手打ちの盃――中村の親分の所作を見てください。浅野大さあ側が座布団すわっとるのに、中村の親分のほうは座布団なしじゃないですか。男にとって、これ以上の屈辱はないはずですよ。それを中村の親分は甘んじて受け入れ、相手に対して一歩下がり、詫びを入れてるんです。あれほどの親分がなかなかできることじゃないです。そこを見てくれなきゃ困りますよ」

土本の話に、

「そういえば、中村の親分は座布団を外してすわってたな」

と思い当たる者もいて、これには、なるほどそうだったのか——と納得し、感心する親分も多かったのである。

仲裁人の高島三治にすれば、今度の抗争は、可愛い子分が殺されているにも拘らず、無条件に仲裁を受け入れたばかりか、相手方の処分を厳に禁じることを条件に出してきた本多仁介の肚の大きさと深い思いやりの心といい、中村真人の所作といい、胸を熱くさせられることばかりだった。

「長生きするのもいいもんだな。この歳になって教えられたよ。この渡世も満更捨てたもんじゃない。ワシは男稼業に生きてつくづく良かったと思ってるし、あの世へ行くのにいい土産話もできたわい」

と、この老侠は、身内にしみじみと漏らしたという。

そうした一連の事件の顚末を、岐阜刑務所に服役中の身で、妻のテルから伝え聞いた河澄政照は、

「そうか、終わったか。高島の親分や関東の並木先生らが仲裁に入ってくれたとなれば、そら、仕方ないだ。矛を収めるしかないだ。そうしなければ、関東や中京の親分衆を全部敵にまわすことになるからな。それにしても、高島の長老が、本多仁介という人物に唸ったというのは、ええ話だで。なにせ、うちの浅野の親父が惚れこんだお

人なんだから、さもありなん。……けど、浅野の大さあのような親分ももう出て来んだろ。いまとなっては懐かしい思い出ばかりだで。ええ親分だったな……」

と、テルに感想を述べた。

河澄は、戦後の無秩序と混乱のなか、中国大陸から一面焼け野原となった名古屋へ引きあげてきて、無頼の日々を送るうちに、浅野大助と出会ったころのことを思い浮かべていた。

二十歳になるやならずの不良少年にとって、ちょうどひとまわり上の「代官町の大さあ」と呼ばれる男は、実年齢の開き以上に、はるか上の大人と子どもくらいの差があるように感じられた。

他のヤクザ者たちから鬼のように恐れられている愚連隊の長は、河澄に対して何よりやさしかった。

「坊主、兵隊帰りか。戦争に負けて地獄を見たろ。そんな目をしとるわ。けど、これから先も同じだで。生きるも死ぬも地獄。ワシはいずれこの名古屋、いや、東海を取ろう思うとる。どうだ。ワシと一緒にその夢を見てみないか……」

出会ってどのくらい経ったときであったか、酒が入ったとき、浅野から聞いた科白だった。

〈その夢も半ばにして命を燃やしてしまっただな、親父……〉

河澄の脳裡に、浅野とのいろんな思い出が甦ってきた。

5

浅野大助が銃撃され被弾したのは、実は初めてのことではなかった。

まだ戦後間もない時分、名古屋の名楽園（中村遊郭）で遊んでいたとき、いきなり二人組の男に襲われ、撃たれたことがあったのだ。

河澄が浅野の一統となって日の浅いころだった。

急を聞いて、河澄が病院へ駆けつけると、浅野は二発被弾し、背中にも日本刀の傷を受けており、重体であった。

浅野を襲撃したのは、稲葉地一家の伊藤信男と中島という問屋町派高村実一統の二人であるということが、間もなく判明する。

二人はたまたま東京から客を迎え、名楽園へ案内中の折、浅野大助も同遊郭へ遊びに来ているということを耳にしたのだった。

「何、浅野の大さあがここへ来とるって？」

「よし、殺っちゃろう！」

彼らがかねてから狙っている相手であった。

伊藤信男は後に稲葉地一家六代目総裁を継承する実力者であったが、このときはまだ二十六歳、連れの中島は二十歳という血気盛りである。

伊藤は懐中深く収めていた拳銃を握りしめ、中島は東京の客が持参していた日本刀を借り受けた。

二人は浅野が遊ぶ妓楼を探しあてるや、

「大さあ、命もらうで！」

伊藤が真っ先に部屋に駆けこみ、中島も後に続いた。

「パーン！　パーン！　パーン！」

伊藤が浅野めがけて放った銃弾は五発、破裂音が部屋に響きわたった。

中島も遅れじと、浅野の背中に日本刀を振りおろした。

「──て、てめえら……」

言葉を発する間もなく、浅野は布団の上に倒れ、血の海に沈んだ。

「よし、やったで！」

確かな手応えを感じた二人は、すぐにその場を引きあげた。

だが、病院へかつぎこまれた浅野は、死ななかった。どうにか一命を取り留め、意識を取り戻すと、居あわせた配下の者たちに、ニヤッと笑ってみせた。

やはり浅野はただのギャングではなかった。生きようとする不屈の闘志と精神力とが、死神に打ち勝ったのだ。恐ろしい生命力であり、凄まじい不死身ぶりを発揮したのだった。

「親父さんは不死身ですね」

河澄が畏敬の念をこめて言うと、浅野は、

「バカヤロ、こんなことでくたばってたまるか。死神と一対一の勝負をして勝った夢を見てたわ。死神のヤツ、鎌をかついでスタコラサッサと逃げていきよった」

と応えたから、一の舎弟の伊藤利一が、

「それだけ減らず口をたたけるなら大丈夫だで。けど、兄貴、しばらくおとなしくしとかなあかんてことだわな」

とピシッと釘をさした。

「けど、親父さん、ワシ、当分、この病室へ泊まりこみますから」

河澄が言うのに、

「そんなことせんでもええがな。なんでや？」

浅野は不思議そうな顔になった。

「親父さんが死んどらんとわかったら、連中、必ずまた狙いに来るのは目に見えてますよ。親父さんを殺らん限り、今度は自分たちが殺られるってわかっとりますから。ヤツら、死にもの狂いで来るはずですわ」

河澄の弁に、伊藤も同意を示したが、浅野は半信半疑だった。

「そうかな。ま、来たら来たでええがな。そんときはワシが目に物見せたるから」

どこまで行っても強気な男だった。

結局、刺客の伊藤たちは一週間ほど身を潜めていたのだが、浅野が命を取り留めたことを知って、警察に自首して出た。

伊藤はこの一件で、懲役五年の刑をつとめた。

〈親父さんの不死身ぶりも、今度ばかりは通用せんかった。名古屋ひいては東海地区の天下を取るという夢も叶わなかったけど、親父さん、あれだけ好きなように生きたら、悔いもないだろ……〉

岐阜刑務所に服役中の河澄は、死んだ親分の浅野大助に思いを巡らせ、自由にならないわが身が歯がゆかった。

〈それにしても、前のときの刺客も稲葉地一家、今度も派が違うとはいえ、稲葉地一

家。ワシと中ちゃんの関係といい、うちとあそことはよほど因縁があるとみえるだ〉

河澄は今度の事件が起きたとき、ずっと仲良くしてきて一緒に躰(からだ)まで懸けた間柄の稲葉地一家豊橋支部長の中川功のことを思わずにはいられなかった。

稲葉地一家は幕末に端を発する中京の名門として知られていた。

その始祖である〝日比津の善七〟こと富田善七は、幕末のころより、愛知郡中村大字日比津(現・中村区)を中心に、現在の名古屋市内各所に賭場所を持つ博徒だったが、当時、家名らしいものは名のっていなかったという。

明治十五年に富田善七が没すると、舎弟であった村上甚之助がその跡目を継承し、一家の地盤を固めた。この村上甚之助を以って初代とされ、その出身地が愛知郡中村大字稲葉地であったところから、稲葉地一家と名のるようになったのである。

以来、二代目今津藤三郎〜三代目今枝政五郎〜当代上篠義夫と続いていた。

初代村上甚之助のもとには、今津藤三郎、宮崎常吉、舎弟の水野三之助らがいたが、明治二十二、三年ごろ、二代目を継承したのは今津藤三郎であった。

このころから、稲葉地一家内で勢力が拮抗するようになり、大正五年、今津藤三郎が引退した際には、自派の子分・今枝政五郎に跡目を譲って三代目を継がせた。

だが、一家全体を束ねるということにはせず、稲葉地一家の始祖である富田善七の実子・富田鍋次郎と共同の預かりとした。

今枝政五郎に旧郡一帯を、富田鍋次郎には旧市部一帯という具合いにしたのだった。

その後、稲葉地一家は、今津派（今枝政五郎）、問屋町派（富田鍋次郎）、水野派（原田広吉）、桜木派（桜木徳次郎）、伊藤派（鬼頭銀之助）の五派が分立、共存する時期が続く。

中川功の親分である中村真人は、二代目今津藤三郎の譜に連なる日比野建次郎の子分・〝キャラメル〟こと鈴木利助の若い衆であった。

中村真人が四代目上篠義夫の引退に伴ない、稲葉地一家五代目を継承するのは、浅野大助射殺事件より十年後、昭和四十五年のことだった。

6

昭和三十八年の春、河澄政照は岐阜刑務所を出所、七年ぶりに豊橋に帰ってきた。

放免祝いは蒲郡・三谷温泉において盛大に執り行なわれ、地元豊橋の一家ばかりか、名古屋の錚々たる親分衆も顔を揃え、河澄の社会復帰を祝った。宴は立食パーティ形式で執り行なわれ、会場となったホテル大広間は立錐の余地もないほど大勢の客で埋まった。

河澄が、その親分衆の間を挨拶まわりしていると、

「おい、河澄」

と声をかけてくる者があり、振り返ると、兄貴分の伊藤利一であった。その隣りには、跡目を戸塚陽望に譲って引退した初代松本一家の松本昭平、三虎一家長老の佐野賛郎が立っていて、にこやかに河澄を見遣って(みや)いる。

「松本と佐野の親分がおまえに話があるそうや」

伊藤に促され、河澄が二人に挨拶すると、まず佐野賛郎が、

「いや、河澄の、長い間、御苦労だったな。お疲れさん。おまえさんも聞いていることと思うが、去年、うちの三虎の三代目が死んで、今年、この多谷嘉晃が四代目を継ぐ予定になっとるだ。まだ稼業未熟の身なもんでな、河澄の、よろしく頼むだ」

と言って、後ろに控えていた男を河澄の前に引っ張りだした。それが三虎一家四代目となる多谷嘉晃であった。

以前から顔馴染みであった二人は、久闊(きゅうかつ)を叙した。

三虎一家三代目佐野正晴が前年、心不全のため四十三歳の若さで世を去り、一家一門の総意で多谷の跡目が決まったのだった。

多谷は広島高等師範を卒業した変わり種で終戦によるポツダム中尉でもあった。平穏な世なら教師となるべきはずの一人の青年を、否応なくテキヤの世界へと引きずりこんだのは、戦後の混乱と無秩序であったろう。

多谷は豊橋へ来て、佐野賛郎という異色の親分と出会い、それが運命でもあったかのように、その一統へと連なったのである。

佐野賛郎はもともと全国の高市(たかまち)を歩いて「フーテンさん」の異名をとり、東海道ではその名を知らぬ者とてない名物男であった。

彼は初代佐野虎吉の代に、三虎一家にワラジを脱ぎ、その客分となった。しばらくして初代佐野虎吉が世を去ったため、彼に惚れこんでいた賛郎は、その墓前で盃を受け、生前の約束通り、初代の一家名のりを許されることになったのだ。

「それともう一人、おまえさんとは何かと因縁のあるこの男だ……」

長老佐野賛郎が、多谷に続いて一門の者を河澄に紹介しようとする。

多谷の後ろから決まり悪そうに姿を現わした男こそ、三虎一家古溝二代目の浪崎重一であった。

河澄には忘れようにも忘れられないかつての宿敵、今度の懲役の根本を作った男だった。が、二人ともそんなことはおくびにも出さない。

「おつとめ御苦労様でした」

「ありがとうございます」

何事もなく挨拶を交わしあった。その実、平静を装って、互いに腹の底では激しく火花を散らしていた。

そんな二人に対して、佐野賛郎が語を継いだ。

「過去、おまえさんがたに不幸な間違いがあったかも知れんが、もう古い話だで、過去のいきさつは水に流してくれまいか。これからの豊橋の平和を考えてもらいたいもんでな。そのためにも各一家が結束することが肝心だで、どうだろう、おまえさんがたに率先してその役割を担ってもらいたいんだ……」

ここで松本昭平が身を乗り出すようにして佐野の話を引きとった。

「それなんだよ、ワシの話というのは。二人にはこれからの豊橋、ひいては東三河をまとめていってもらわなならんだ。いつまでも敵対してもらっちゃ困るでな。ワシら年寄りの願いは東三河が一つになることだでな。一本になって喧嘩(マチガイ)をなくし、外敵には一丸となって当たる。それが理想じゃろ。そのためには形ばかりの親睦団体を作ってもダメだ。それ以上の絆のものを作らな……たとえて言えば運命をともにする一つの大きな一家のようなもんをな……」

松本の熱弁に、河澄は黙って耳を傾けていたが、シャバへ出てまだ日の浅い身で、もうひとつ実感の湧かない話ではあった。

河澄が服役中に殺された親分の浅野大助と親しかった業界の重鎮でもあった松本には、河澄も昔から何かと目をかけられてきた。

愛知熊屋系の親分だった松本は、戸塚陽望に跡目を譲って引退した後、政界に進出、市議に転身していた。

佐野賛郎が再び口をはさんだ。

「松本の親分が奔走してくれてな。小桜一家の星野や彦坂登も、いま松本の親分が言われたことに賛同してくれてるもんでな。どうだろう、河澄君、ひとつ力を貸してもらいたい。おまえさんが上に立って、まとめてもらえまいか。うちの浪崎や多谷も、目一杯協力させてもらうでな……」

佐野の言う「小桜一家の星野や彦坂登」というのは、豊橋に根をおろす有力一派のことで、小桜一家はテキヤ、彦坂は愚連隊系の独立組織の長であった。

松本、佐野の話に、河澄はやや困惑ぎみに、

「松本の親分、それに佐野の親分、身にあまるありがたいお話ですが、私はまだ懲役から帰ってきたばかりの身。七年もシャバを留守にして、西も東もわからない浦島太

郎も同然です。それは少しばかり荷が重すぎますよ」

と応えたから、二人の長老もやっと気づいたように、

「おお、そうだったな。まあ、しばらくゆっくり刑務所の垢を落としてから、いまの話を考えてくれりゃええで。けど、東三河をまとめられるのはおまえさんしかおらんと思ってるからな。頼むで」

と話を締め括った。

7

河澄はその話に、わが意を得たりとばかりに俄然乗り気になったのは、シャバに少し慣れてからのことだ。

実を言えば、自身も刑務所の中で同じことを考え、構想を練ってきたのだった。なんとか豊橋を中心にした東三河地区を一本にまとめられないものか、もう同じ土地の者同士で争っている時代ではないだろう——との思いを強くしていたのだ。

河澄は垢落としをする間もなく、東三河の一本化に向けて動きだした。自分が率いる豊橋の浅野会一門を始め、三虎一家、松本一家、小桜一家、彦坂組が大同団結して

一つになること。

長老の根まわしや河澄の奔走もあって、それが実現の運びとなるまでさして時間はかからなかった。皆と話しあった結果、組織の名称も「愛豊親和会」とすることに決まったのだ。

ただ、その際、河澄がひとつだけ注文を出したのは、最初の会長職は佐野賛郎親分に引き受けてもらいたい、その代わり自分は理事長となり佐野会長の補佐役をつとめ、面倒なことの一切を切り盛りするから――ということだった。

これに対して、佐野は、

「わかった。そうしよう。ただし、ワシがやるのは半年間だ。半年経ったら、河澄君、君に後を引き受けてもらうだ。その約束を守ってくれるなら、ワシが初代会長をやろうじゃないか」

と快諾したのだった。

こうして渥美半島の伊良湖ホテルにおいて「愛豊親和会」の発会式が執り行なわれた。

半年後には約束通り、河澄理事長が会長となり、理事長に浪崎重一、副会長には多谷嘉晃、戸塚陽望、渉外部長には彦坂登が就いて、新三役人事も決まった。引き継ぎ

に当たって、

「約束を守ってくれたな。礼を言うだ。さあ、ここからが正念場だぞ」

と新会長に発破をかけたのは、前会長の佐野賛郎であった。

「会長、よろしく頼むだ」

理事長となった浪崎も、河澄に声をかけてきた。河澄二代目会長体制が発足して、最初の定例会が愛豊親和会事務所で開催されたときのことだった。

浪崎は雑誌のグラビアから抜け出てきたような映画俳優顔負けの美男子であった。

河澄の配下が、その顔をいつも皮肉った。

河合廣もそのとき、定例会の後で、

「兄貴、気をつけてくださいよ。ヤツはあの顔とはうんと違って、とんだ腹黒い男ですから。腹の中で考えてるのは、兄貴をいかに追い落とすかってことだけですわ」

と、河澄にそっと囁くのだった。

河澄もこれには苦笑し、

「けど、三虎の伝統だな。代々、三虎一門には男前が多いだ。三代目も〝お役者正晴〟って異名があって、女が振り返るような美男だっただでな。多谷の四代目もなかなかの男っ振りだ」

と応えたが、それでも河合は、

「兄貴、呑気なことを言ってる場合じゃないだ。ヤツはいまに必ず本性を現わしますから。兄貴にはくれぐれも気をつけてもらわな……」

と繰り返した。それは七年前、吾妻屋事件で躰(からだ)を賭けた水谷昭や二橋文雄にしても、同じ意見だった。

事実、その後の事態は、河合たちが断言した通りの展開となって、河澄一統と浪崎派は事あるごとに小競りあいを繰り返した。七年前に命を狙いあった両者の間のわだかまりは、依然としてとれておらず、何かといえば敵意を剝きだしにしたのだ。

それがとうとう行きつくところまで行ってしまうのだが、河澄も、

「浪崎と肚(はら)を割って話しあう必要があるな。このままでは何のための愛豊親和会か、わからなくなってしまうだ。松本の御大や佐野の隠居に対しても、裏切ることになるだ」

となんとかしてその事態を収拾しようとしていた矢先のことだった。

事件が起きたのは、昭和三十八年秋のことである。

その日、河澄は所用で浜松へ出かけ、夜、ナイトクラブで遊んだ。河澄のお伴で付いたのは、子飼いの若い衆である赤尾五郎、高橋敏らだった。

河澄は浜松の知人と一緒に入店し、奥まった席へと案内された。赤尾や高橋は別のテーブルにすわり、あたりを抜かりなく見張った。抗争中であったわけではないが、何が起きるかわからぬ世界に住む身で、油断は禁物だった。

このとき、赤尾の頭に仮想敵としてあったのは、同じ内輪の浪崎の一統であった。先輩たちの話を聞き、現実にいざこざを繰り返すうちに、強迫観念のように、

〈何か仕掛けてくるとしたら、あそこだ〉

という考えが赤尾にまつわりつき、そのことが頭にこびりついてしまっていた。

この夜も、第六感というのか、何か嫌な予感がしてならなかった。

「おい、敏、油断するなよ。親父が狙われるとしたら、豊橋を離れたこういう夜だからな」

兄貴分から直に注意を促され、高橋敏の緊張は否が応でも高まった。

ささいな異変も見逃すまいと、高橋は神経をピリピリさせて絶えず店内に目を配り、他の客にも目を遣(や)った。また、周期的に立ちあがり、歩哨(ほしょう)のように近くを歩いて、さりげなくまわりに警戒を払う。むろん酒は一滴も口にしなかった。

高橋が異変に気づいたのは、一時間近く経ったころであったろうか。

店内の片隅に置かれた大きな植木鉢へ、サッと身を潜ませた人影を見逃さなかった

のだ。

その近くのテーブルにすわった三人ほどのグループから抜け出たうちの一人だった。彼らに対して、高橋は入店したときから怪しい連中として、遠目ながら目をつけていた。どうもどこかで見たことがあるような連中だった。

河澄を見遣ると、知人とグラスを傾け談笑している。

高橋はサッと立ちあがり、赤尾に合図を送ると、何食わぬ顔ですばやく植木鉢のほうへ近づいていった。

まさに間一髪であった。

大きな鉢の陰に身を潜め、床に蹲った男の手には、拳銃が握られていた。その銃口は明らかに河澄のほうに向けられていた。

高橋は猛然とダッシュして、その拳銃を思いきり蹴りあげた。

拳銃は男の手を離れ、ボーンと飛んでいく、が、銃声は起きなかった。どうにか間にあったのだ。

8

「なんだと！　浪崎が会長の命を狙っただと!?　いったいどうなっとるんだ？」

豊橋の自宅で、赤尾五郎から電話を受けた愛豊親和会渉外部長の彦坂組組長彦坂登は、驚愕し、いきりたった。

「そんなバカな話があるか。いったい何で浪崎が河澄会長を狙わなきゃならないんだ」

一報に衝撃を受けると同時に、彦坂は盛んに首をひねった。

浜松のナイトクラブで起きた河澄襲撃事件は、驚くべき事実をもたらした。

高橋敏がクラブで捕まえた襲撃者を見て、赤尾がアッと声をあげた。

「そいつは忠じゃないか。浪崎理事長のところの若い衆だ。すると、さっきまでそこのテーブルにいた連中もそうか」

近くのテーブルにいた仲間二人は、忠が高橋に捕り押さえられたのを見て、すばやく逃げ去った後だった。

「このヤロー！　うちの親分の命を狙うとは太えヤローだ！」

高橋は忠を店の外へ連れ出すと、少々痛めつけた。

が、間もなくして、騒ぎに気づいた河澄から、

「すぐに解放しろ」

との命令が下り、赤尾たちはその襲撃者を逃がした。

河澄は何事もなかったかのように、その夜のうちに豊橋へと引きあげた。そのうえで赤尾たちには報復を禁じたのだが、もとよりもはやそのままで済む問題ではなかった。

　この事件で誰よりも苦境に立たされたのは、三虎一家四代目の多谷嘉晃であった。身内の古溝二代目浪崎重一の襲撃と判明し、弁明のしようもなかった。

三虎一家には、当代の多谷を始め、先代や先々代の一家名のりを許された親分衆が十二人ほどいたのだが、実力者の浪崎に面と向かって物を言える人間はいなかった。その大半は浪崎と兄弟分にもなっていた。

　愛豊親和会において、ただちに幹部会が召集され話しあいが持たれた。

「若い者同士の小競りあいならいざ知らず、まして愛豊親和会として一本で結束してやっていこうという矢先、その会長を拳銃で狙ったんやから言語道断、もう通りいっぺんの処分で済む話じゃない。もはや浪崎は殺るよりないだ」

最強硬派は渉外部長の彦坂登だった。

愛豊親和会における渉外部長という役職は、言ってみれば戦闘指揮官のようなもので、その下に、各一家から選抜された渉外部のメンバーがいて、少数精鋭の戦闘部隊を構成していた。

「なんとか助かる道はないもんですかな」

多谷が訴えるように言うと、

「そりゃ、カタギになるしかないだ。だが、ヤツはそんなタマじゃないもんでね。絶縁なんて処分を申しわたしても、ヤツは、拒絶するに決まっとる。結局は殺るしかないだ」

彦坂は甚だ懐疑的であった。

「ふーむ、となると、自らカタギになること――引退の道を選ぶことがヤツにとって一番いい方法なわけだな。いや、それしか道は残されてないだ。命も助かるし、絶縁という屈辱的な処分も免れるんだから……」

「そこまでワシらが譲歩するってことだで」

「けど、浪崎にそのことを勧告に行くとなれば、三虎一家の者しかおらんと思うが、誰が行くだかね。猫の首に鈴をつける役なもんでね」

副会長の松本一家二代目戸塚陽望が、三虎一家の面々を見渡すようにして言った。

そのとき、

「その役目、ワシがやらせてもらいます」

と真っ先に名のりをあげた男がいた。

渉外部の三虎一家三代目実子分の竹内孝であった。

「ホーッ」といって、皆が竹内のほうを見た。

「ワシなら、先輩がたの皆さんと違って、何ら遠慮なく浪崎の二代目に物を申しあげることができると思いますんで」

竹内は三代目佐野正晴に可愛いがられた男だった。

「兄弟、じゃあ、ワシらも一緒に行くだ」

三虎一家の兄弟分、松井一夫と宮地開住雄も、竹内に同行を申し出た。

四代目の多谷が三人をジッと見た。少し考えた後で、

「そうだな。立場上、ワシらじゃ浪崎に対してナアナアになるとこあるかも知らん。その点、おまえさんたちなら、何のしがらみもない。よし、三人で行ってくれ。厄介な掛けあいになるかも知らんが、頼むだ」

と三人を浪崎のもとへ送りだすことにした。

三日後、三人は豊橋の自宅に閉じこもる浪崎のもとへ赴いた。

「ほう、あんたらが来たのか」

浪崎はさすがに強ばった顔で、三人を自宅へ迎えいれた。部屋住みの若い衆を入れて何人かの若者が、側（そば）に付いていた。

応接間にすわるなり、

「二代目、ワシらの用事はもうわかっとりますやろ」

竹内が最初に切り出した。

「ワシの処分を伝えに来たんじゃないのか」

「愛豊親和会ができて、せっかくいい形で来とるもんを、二代目ほどの人がどうしてこんなはね返った真似をするんですか。ワシらにはワケがわかりません」

「……」

「二代目、もう処分云々という話じゃないんですよ。ワシら、二代目の命（タマ）を奪（と）ろうという話になっとるんですよ」

「なんだと！　やれるもんならやってみろ！」

浪崎が気色ばんだ。まわりの若い衆たちも飛びかからんばかりの形相だ。

「二代目、どうか名を惜しんでもらえませんか。三河に浪崎あり――と言われたほどの人が、このままではあまりに寂しいですよ」

「……」

「ワシらにしても、二代目と事を構えるようなことはしたくないですし、まして二代目の名を汚すような処分を申し伝える役目など、真っ平ご免です」

「じゃあ、どうせえと言うだ？」

「引退してもらいたいんです。カタギになってください」

「何い？」

「それが二代目の命も名も守れる唯一の道です」

9

なんとも重苦しい空気が、その場を支配した。

浪崎が、三虎一家の三人の幹部を前に、腕を組んで瞑目し、先刻来、押し黙ったままなのだ。

三虎一家三代目佐野実子分の竹内孝が、

「カタギになってもらいたい」

と最後通牒を突きつけたとき、浪崎はカッと目を剝いて、凄まじい殺気で竹内を睨んだ。

竹内とて命を賭して発した言葉であったから、怯むことなく、浪崎を見返した。もとより激昂した浪崎の若い衆たちに、その場で斬り殺されることも覚悟のうえだった。

これには内心でギョッと驚いたのは、同行した竹内の兄弟分である松井一夫と宮地開住雄であった。

〈兄弟！　いきなりそこへ行くのか！〉

二人とも胸の内でアッと声をあげた。

確かに浪崎に対して、引退勧告を迫るということは、ここへ来る前、三人で打ちあわせて合意済みのことだった。

だが、それは、もしこちらの突きつける処分（最も重い処分であったが）を、浪崎が突っぱねるようなことがあれば、という話だった。

それは死刑が嫌なら腹を切れと言っているようなもので、どちらにしろ浪崎には決定的なことには違いなかったが、松井も宮地も、引退勧告までには至らないだろうと踏んでいた。

河澄会長の命を狙った以上、愛豊親和会、ひいては東三河のヤクザ社会から追放されるのはやむを得ないことで、浪崎とてそれは重々承知のうえで事に及んだのではなかったか。

いくらなんでも浪崎が処分を受け入れず、東三河ヤクザ界を全部敵にまわして意地を張るような真似はしないだろう——というのが、松井と宮地の読みであった。まして最も重い処分といっても、稼業へ復帰の可能性がゼロになるというわけではあるまい。

ところが、竹内はもっと上を行っていた。浪崎に対して、

「もう処分云々という話じゃない。河澄会長に道具(チャカ)を向けた以上、自分らは浪崎二代目の命(タマ)を奪(と)ろうという話にまでなってるんですよ」

とまで言ってのけたのだ。天下の浪崎重一を相手に、格下の竹内が、

「カタギにならない限り、命の助かる道はないですよ」

と脅しをかけているのだから、痛快であった。

竹内には、先輩たちの意向を汲んで、端から浪崎を引退させることしか、頭になかったのだ。

〈兄弟、さすがだよ。たいした度胸だ！　オレたちとは違うな〉

松井、宮地とも感嘆する思いだった。

果たして竹内が引退を迫ったとき、浪崎ばかりか、まわりの若い衆の殺気も凄まじ

く、予想通りの展開に、竹内も他の二人も、死を覚悟した。

が、若い衆たちの気配を察した浪崎が、彼らを制し、

「おまえら、席を外せ！」

と、すべて遠ざけた。

そこから浪崎は考えこみ、応接間を重たい沈黙が支配したのだ。

竹内、松井、宮地の三人は、身じろぎもせず浪崎の返事を待った。

〈さあ、どう出る、二代目、あんたはのるかそるかの大きな博奕を打って裏目に出たんだ。もうここまで来たら、負けを認めるしかないだろ。それにしちゃ、少しばかり手駒が良くなかったなあ。ここはきっぱり諦めが肝心ってもんだ……〉

十三歳のときから地元の賭場に出入りする身であった竹内が、腕を組み、瞑目する浪崎を目の前にして、その思いを胸で訴えた。

やがて、浪崎が目を開け、腕組みを解くと竹内たちを見据えてゆっくりと口を開いた。

「――わかったよ、竹内君、ワシも豊橋の浪崎と言われた男だ。名を惜しみたい。君の言う通りにしよう。引退するだ」

浪崎の答えに、三人はホッとした顔になった。

「二代目、よく決断なさいましたね。わかりました。この旨、帰ってさっそく多谷の四代目や彦坂渉外部長に報告します。二代目の英断に、四代目たちも、三河のことを考えたうえでのこと――と敬意を表することと思います」

竹内が感無量という風情で述べ、頭を下げた。他の二人もそれに倣った。

「うん、ワシの負けだ。河澄会長にはよしなに伝えてくれ」

さすがに浪崎も、意気消沈した態で告げた。

「わかりました」

三人は浪崎邸を引きあげた。

竹内が帰って真っ先に三虎一家四代目の多谷嘉晃に報告すると、他の親分衆とともに愛豊親和会の事務所で待っていた多谷は、

「うん、御苦労だったな。そいつは何よりだった。一番いい形になってよかったな、オレたちのためにも、浪崎のためにも……」

と安堵した表情を見せた。

愛豊親和会の親分衆のなかで最も喜んだのは、渉外部長の彦坂登だった。

浪崎の事件に対して最も強硬な姿勢を見せた彦坂は、名うての武闘派として知られていた。なおかつ渉外部長として、いったん抗争となれば戦闘指揮官をつとめなければ

ばならない立場だっただけに、

「これで若い者を懲役に行かせずに済む。うちのは長くなるからな。戦争はないに越したことはない。よかった、よかった」

と胸をなでおろしたのだ。

河澄政照も、この件で報告を受けると、

「ワシと浪崎とはよくよく縁があると見えるだ。前世からの因縁かも知らん。まあ、悪縁だがな。いずれにしろ、いつかきっちり決着をつけなならん相手だった。ヤツの引退でけじめがつくなら、それでええ。だが、本当にヤツはカタギになるのか。肚（はら）はわからん男だで。最後まで油断するなよ」

と、側近に述べた。そしてこの河澄の予言は間もなく適中する。

追いつめられた浪崎は、窮余の策として、縁のある大阪の三代目山口組一心会に駆けこみ、庇護を求めたのだ。

一心会も窮鳥懐に入ればとばかりに浪崎に手を差しのべ、愛豊親和会との全面的な対決姿勢を露わにした。

両者が激突し、世に言う〝豊橋抗争〟といわれる大きな抗争事件に発展するのは、昭和三十九年が明けて早々のことだった。

第四章　豊橋抗争勃発

1

奇しくもその日は、吾妻屋事件と同じ、二月二十八日という日であった。

事件は、吾妻屋事件からちょうど七年経った昭和三十九年二月二十八日の夜九時ごろに起きた。

そのとき、豊橋市の東小田原町の三虎一家事務所では、一家の組員たち何人かがまだ残ってテレビを観ていた。

なにしろ金曜日の夜八時といえば、日本プロレスのテレビ中継が始まるゴールデンタイムであった。日本中に熱狂ブームを巻き起こした国民的英雄の力道山こそ、前年十二月に東京・赤坂のクラブでヤクザに刃物で刺され、世を去っていたが、プロレス人気は依然として衰えていなかった。

三虎一家の組員たちも、この夜のテレビのプロレス中継を、他の多くの国民同様、熱中して観ていたのだ。

亡き力道山に後を託された豊登や吉村道明といったメインイベンターが登場して、盛りあがったプロレス中継も間もなく終わりに近づいていた。フォールされた外人レスラーに対して、レフリーが「ワン、ツー、スリー」とカウントする。

突如、「ガシャーン」と玄関脇の小窓が割れる音がしたのは、そのときだった。

テレビを観ていた連中が、何事かと一斉に振り返ったのと、その小窓の割れた穴からヌッーと黒い物体が突き出されたのとが同時であった。

それをすぐに銃身と気づいた者ははたして何人いただろうか。

そのうちの一人が、「伏せろ!」と叫んだときには遅かった。

銃口が火を噴き、「パーン!」「パーン!」と立て続けに四発の銃声があがった。

銃弾は二人に命中し、一人は胸に当たってその場にもんどりうって倒れ、もう一人は背中と腕に衝撃を受けた。

竹内孝はそのころ、まさに拳銃発砲事件の現場となった三虎一家事務所から、神明町の愛豊親和会本部へ移動してきて腰を落ち着けたばかりだった。

そこへつい最前までいた三虎一家事務所から、事件を知らせる電話がかかってきた。

「何い！　事務所が拳銃で撃ちこまれたって⁉　怪我人は？　二人、撃たれた⁉　よし、すぐ行く」

竹内は愛豊親和会事務所を飛び出すと、一人で駐車場の車に乗りこんだ。あわてて後を追いかけてくる若い者が目についたが、構わず置き去りにしたまま車を発進させた。一刻も早く現場へ駆けつけたい一心だった。

「たいした怪我でなきゃいいが……バカヤロが……だから、プロレスなんか観ないで早く帰れと言ったんだ」

ハンドルを握りながら、竹内はぶつぶつひとり言をつぶやいていた。

なにしろさっきまで、三虎一家事務所で連中と一緒だったのだ。同じ三虎の身内でも、今晩事務所に集まっていたのは、高市（たかまち）で露店の商売を専門に行なっている豊橋の街商協同組合員の連中だった。

その彼らに対し、竹内が、

「おまえら、早く帰れ」

と言ったのは、近ごろ豊橋で何やら不穏な空気が漂っていたからだ。

河澄が懸念したように、結局、浪崎は引退表明をせず、けじめをつけなかった。そこで愛豊親和会は浪崎を除名処分とし、三虎一家四代目多谷嘉晃は彼を破門に処し、三虎一門から追放することを決定した。

だが、どうやら浪崎は大阪の三代目山口組一心会に駆けこんで、自分の窮状と愛豊親和会の非を訴え、一心会の支援を取りつけたようだった。

浪崎と一心会との縁は、浪崎は同会を設立した同顧問の韓禄春を兄貴とし、同会長の桂木正夫とは兄弟分という関係になっていた。

大阪・中央区宗右衛門町でマンモスキャバレー「富士」を経営していた韓禄春が、三代目山口組組長田岡一雄の若衆となったのは昭和三十二年十月のことである。これを機に、韓は「富士会」を結成、昭和三十四年三月には三代目山口組本家舎弟に昇格した。

翌三十五年八月、韓が大阪・ミナミにオープンしたキャバレーの開店祝いに、田岡三代目が歌手の田端義夫らを連れて来店。その後、一行が近くのキャバレー「青い城」で飲食中、ミナミの愚連隊「明友会」のメンバーから、山口組の舎弟が暴行を受けるという事件が勃発した。

この事件をきっかけに発生したのが、山口組と明友会の抗争事件、いわゆる〝明友会事件〟であった。

　このとき、責任者の一人となったのが富士会幹部の桂木正夫で、加茂田重政や黒澤明らとともに明友会に総攻撃をかけて数日で明友会を壊滅させたのだった。

　この事件で、韓の富士会からも桂木以下、多くの組員が警察に逮捕された。が、その桂木の保釈中の昭和三十六年四月、韓禄春が顧問となり、桂木組、松本組、金田組を合併させて、桂木正夫が会長となって結成したのが「一心会」だった。

　一心会は過去に、地元の南一家としばしば抗争事件を起こしたほか、昭和三十六年十一月には、諏訪組系南訪会会長銃撃事件を起こすなど、その動きはかなり先鋭的であった。

　昭和三十八年ごろからは、和歌山、奈良、香川、愛知などの各県に支部または傘下団体を進出させつつあった。

　そうした過程で、豊橋の三虎一家古溝二代目浪崎重一との縁もできたのだった。

　そんななか、浪崎は所属する地元の愛豊親和会のドン・河澄政照を襲撃する事件を引き起こした。愛豊親和会に牙を向け、豊橋ひいては東三河ヤクザ界全体を敵にまわすも同然の行動に打って出たのだ。

　兄弟分の縁から、その浪崎側に就いたのが、三代目山口組一心会で、愛豊親和会と浪崎派・山口組一心会との全面衝突は必至の状況となった。

実際、両者の間では新しい年——昭和三十九年を迎えてから、ちょくちょく小競りあいも起きるようになっていた。

竹内が事務所にいた三虎一家の身内に対して、早く帰宅するよう注意したのも、そんな状況があったからだった。

「まったく何がプロレスだ……そんな呑気なこと言ってる場合じゃねえだ……」

三虎一家の事務所に向け、車を猛スピードで走らせながら、竹内のぼやきはまだ続いていた。

2

竹内が三虎一家事務所へ到着すると、室内は撃たれた跡も歴然とし、一人が床に倒れ伏したままで、もう一人が呆然と立っていた。

その楠田という年配の男に、竹内が、

「どうなったんだ？」

怒鳴るように訊ねると、楠田は、

「腕と肩のあたりを撃たれたみたいだ」

と、顔を真っ青にして応えた。左腕を抱えたままにしているので、竹内が、

「腕を撃たれたのか」

と訊くと、楠田は添えた右腕を外し、左腕を振ってみた。すると、上着の袖口から
ポロッとこぼれ落ちてきた物があった。

床に転がったそれを、竹内が拾ったところ、銃弾だった。

ギョッとする楠田に、

「大丈夫だ。当たっとらん。弾は腕をカスっとるだけだ」

と竹内が言い、床に倒れている者に近づいた。藤木という、竹内もよく知っている
男だった。

竹内が覗きこんでも、藤木はピクとも動かなかった。床には血溜まりができている。

「他の者はどこ行っただ!?」

竹内が再び楠田に怒鳴ると、その声に合わせたように、五、六人の若い連中が二階
から恐る恐る階段を降りてきた。

竹内は激昂し、

「バカ者！　てめえら、何やっとるだ！」

三人ほどを一発ずつ殴りつけたうえで、

「すぐ病院へ連れていけ！」

と命じた。

「はい！」彼らはただちに撃たれた藤木と楠田とを車で病院へと運んだが、藤木はほぼ即死状態、腕と背中を撃たれた楠田も重傷であった。

そのうちにパトカーがサイレンを鳴らして到着し、近くに住む三虎一家四代目の多谷嘉晃も駆けつけてきた。

「四代目、やられただ。どこがやったかはわかっとる。あそこ以外にないだ」

竹内が声を潜めて報告すると、多谷も沈痛な面持ちで、

「うん、わかっとるよ、実子、ヤツらはおおかたワシを狙って来たんだろ。藤木と楠田はワシの代わりに撃たれたようなもんだ。露店一筋、高市一筋の連中なのに、かわいそうなことをしたよ。正面からワシを狙いに来ればいいものを……」

「何を言っとるだ、四代目、今後のこともあるで、くれぐれも気をつけてもらわな……ワシもいまからすぐに彦坂の親分のとこに報告に行ってきます」

「うん、頼むだ。おまえも気をつけてな」

この夜、三虎一家事務所を襲撃したのは、多谷や竹内らの睨んだ通り、浪崎を支援する三代目山口組一心会のメンバーだった。彼らは、地元の浪崎一統に連なる者の手

引きによって、三虎一家本部へと赴き、事に及んだのである。

彼ら一心会組員たちが三虎一家事務所へ拳銃を撃ちこむや、すぐに引きあげ、向かった先は、名古屋の三代目山口組平松組系名神プロの事務所であった。

名神プロ代表で石川組組長の石川尚は、一心会若頭をつとめる佐々木竜二、柳川組の谷川康太郎とは兄弟分という関係だった。

そうした縁もあって、一心会の彼らは豊橋で決行した後、名古屋の石川組を頼ったのだ。

とはいえ、石川組、後の名神会は、この夜の豊橋の事件とは一切関係なく、一心会が三虎一家を襲撃したことも、テレビのニュースで初めて知ったほどだった。

それでも訪ねてこられ、喧嘩の助っ人を頼まれれば、そうした兄弟分の縁もあり、同じ山口組の人間とあって、断わるわけにはいかなかった。

「よっしゃ、相手は豊橋の愛豊親和会というわけやな。面白（おもろ）いやないか。相手にとって不足なしや。助っ人するで」

と請けあった。

山口組の名古屋進出は、昭和三十年代初めのころで、その時分、名古屋に山菱の代紋を掲げていたのは、中森光義組長率いる鈴木組の存在しかなかった。

鈴木組組長の中森は、名古屋港の作業を受け持つ港湾荷役会社の社長であった。全国港湾荷役振興会の副会長で同神戸支部長の三代目山口組組長田岡一雄とは、まず事業関係で結びつき、戦後早い時期にその舎弟盃を受けた。

その後、三代目山口組の直系組長となったわけだが、当時の山口組には港湾荷役業を営む「三代目舎弟」が多かった。中森もそのひとりだった。

山口組直系となった鈴木組は、田岡三代目の港湾荷役業の独占体制が確立されるに従って、名古屋港の荷役業務を一手に収めるようになり、名古屋港で勢力を伸ばした。

一方で、名古屋には江戸時代以来の歴史を持つ地元の名門組織が根を下ろし、確固たる地盤を築いていた。どちらかというと、名古屋を始め愛知県下のヤクザ界の風土は、よそ者を受け入れない排他的な伝統が色濃かった。

そうしたなか、山口組が愛知県下に武力進攻し始めたのは、昭和三十年代後半になってからだった。

その山口組の〝鉄砲玉〟の役割を担ったのが、平松組舎弟の石川尚であった。兄貴分の山健組組長山本健一から、

「名古屋で死んでこい。立派な葬式を出してやるから」

と命じられ神戸から送り出された石川が、名古屋へ乗りこんだのは昭和三十七年二

月のことだった。

その役目は弾けるだけ弾け、暴れるだけ暴れて地元組織の手にかかって殺されること、つまりは飛び出したきり生還のあり得ない存在で、〝鉄砲玉〟の名の由来も、そこから来ていた。

3

「なんだと!?……」

河澄は激怒した。三虎一家の若い者が射殺されたと聞いて、胸奥から真っ直ぐに怒りが立ち昇ってきた。

「なんでワシを狙いに来(こ)んのだ。ヤツら、ワシの命(タマ)が欲しいんだろ。だったらワシをマトにかけてくればええだ。逃げも隠れもせんものを……なんで真面目に露店の商売(バイ)に生きとる者を殺(や)らないかんのだ？　……おのれ、浪崎、絶対に許さんぞ！」

殺された三虎一家の若い者を悼んで、河澄は三虎四代目の多谷嘉晃と同じ言葉を口にした。

その夜、豊橋市東田の河澄邸へ事件の報告に来た赤尾五郎も、常ならぬ親分の怒りの大きさにたじろいだほどだ。

「親分、ヤツら、また何を仕掛けてくるかわかりません。くれぐれもお気をつけていただかんと……」

「何を言っとるだ、五郎。だから、ワシのとこへ攻めて来いと言っとるんじゃないか。望むところよ。いつでも受けて立つだ。よそはいざ知らず、ワシらはこの豊橋、ひいては三河の地に、関東だろうと関西だろうと、どんな大きな組が攻めこんでこようと一歩も入れさせん！」

赤尾には毎度聞き慣れた河澄の弁であった。どんな事態になろうと、その強気な姿勢はいつもと変わらなかった。

「はい、わかっとります」

「うん、そのためにこそ作った愛豊親和会だでな。なんとしてもこの土地を守っていかなならんのだ。浪崎ごときにかきまわされるわけにはいかんのだ。あいつは大阪のほうの人間の手を借りなきゃ、何もできん男だでな」

河澄の言う「大阪のほうの人間」が三代目山口組系一心会を指しているのは明らかだった。

「親分、それにしたって、いつぞやの浜松のようなことがあっちゃならんですから、十分気をつけていただかんと……」

赤尾の言葉に、今度は河澄も黙ってうなづいた。そのうえで、河澄は、

「五郎、おまえらも油断するなよ。おおかた今日のヤツも、浪崎の手の者が道案内をしとるんだろうが、大阪のほうの連中は格段に喧嘩慣れしとるヤツらだでな」

との言葉をかけるのを忘れなかった。

赤尾も性根を据えて「はい」と答えながらも、

〈どっちにしろ戦争は始まったで……今度は長くなるだ。なんとしてもオヤジのことは守らな。ワシの命に換えても……〉

と、思いを新たにしていた。

一方、愛豊親和会の副会長兼渉外部長である彦坂組組長彦坂登の怒りは、河澄以上に凄まじかった。

「おのれ、浪崎のヤロー！　よくもやりやがったな。もう勘弁ならん。こっちが甘いところを見せとったら、恩を仇で返しやがっただ！」

まさに怒髪天を衝くという怒りようで、顔を真っ赤にし、躰（からだ）を慄（ふる）わせている。これには若い者たちもなおいきりたった。

彦坂はその夜のうちに自ら愛豊親和会の事務所に詰め、幹部や渉外部員を召集した。

なおかつ密かに数丁の拳銃を持ちこませ、臨戦態勢を敷いた。

「いいか、ヤツらの狙いは三虎一家だけじゃない。必ず愛豊親和会にも攻撃を掛けてくるはずだ。間違いなくここにも撃ちこんでくるだ。そのときは一人たりとも逃さん！　全員とっ捕まえて落とし前をつけるだ！　いいか、おまえら、抜かるんじゃないぞ！」

事務所に集まった面々を前にして、彦坂が檄を飛ばした。

「おーす！」愛豊親和会の面々も、仲間が殺されたことで誰もが憤っていた。

彦坂の予測は、早くも事件の翌日には適中することになる。敵の浪崎一派・一心会の動きもそれだけすばやかった。

彼らは前夜、相手方の一人の生命（タマ）を奪（と）り、一人に重傷を負わせるという戦果をあげておきながら、さらに攻撃の手を緩めなかったのだ。

翌二月二十九日——秋に東京オリンピックが開催されるこの年は閏（うるう）年で、二月が二十九日まであった——夜七時三十分ごろのことだった。

豊橋市魚町の愛豊親和会事務所に詰めていた同会メンバーは、猛スピードで事務所に近づいてくる車の音を聞いた。かと思いきや、直後に、

「パーン！　パーン！　バーン！」

という拳銃発砲音があがった。窓ガラスの割れる音や、玄関入口のドアに撃ちこまれ、銃弾がドアを貫通する破壊音が轟きわたる。

「みんな、伏せろ！」

誰かが大声で叫び、事務所にいた者は全員があわてて一斉に床に伏した。

が、五、六発の拳銃発砲音が終わるや、それきり音はあがらず、代わって聞こえてきたのは、事務所前から急発進して去っていく車の音であった。

「ヤロー、逃がすか！」

真っ先に立ちあがり、一階の窓から外へ飛び降りたのは彦坂登だった。すでに拳銃を手にしている。

彦坂のすぐ後から戸塚陽望、松田弘、金田光蔵、伊藤博人、平山茂といった面々が続いた。

彦坂たちの目の前をツートン・カラーのプリンスが走り去っていくのが見えた。たったいま事務所に銃弾を撃ちこんだ浪崎派・一心会の襲撃車であるのは間違いなかった。

「茂、あれだ！　追っかけるだ！　逃がすなよ！」

事務所前に駐めていたセドリックに乗りこみながら、彦坂が怒鳴った。

平山茂がすぐさま運転席に飛び乗り、他の戸塚、松田、金田、伊藤も後に続いた。助手席に彦坂、他の四人が後部座席だった。全員が拳銃を用意していた。

彼らの乗るセドリックのフロント・ガラスは破壊されて跡かたもなく、オープンカーと化していた。どうやら先ほどの窓ガラスの割れる音の正体はこれだったらしい。

平山はセドリックを急発進させ、猛スピードでプリンスを追いかけていく。

平山の運転技術は超一流であった。たちまちその差を縮めていく。

かなり追いついたのを見計らって、彦坂が助手席の窓から身を乗りだして、プリンスに向けて拳銃を構えた。

「食らえ！」引き金を引いて撃ちこむと、鈍い音がして銃弾は紛れもなくプリンスの車体を捕えた。

すると、前方からも「バギューン！」と風を切って銃弾が飛んできて、彦坂の耳もとを唸りをあげてかすめていく。

「ヤロー！」戸塚や松田も後部座席の両窓から、負けじと拳銃を撃ち返す。

たちまちプリンスとセドリックの間で、ギャング映画さながらのカーチェイスが始まった。追いつ追われつ軽く一〇〇キロを超えるスピードを出しあった車同士の目まぐるしいまでの攻防戦、激しい拳銃の撃ちあい。

「おかしいだ！」

後部座席の戸塚の声に、

「どうした？」

彦坂が訊ねると、

「後ろからも弾が飛んでくるだ！」

「何だって!?」

助手席の彦坂と、運転手側の後部座席の松田が同時に後方に目を遣ると、やはり猛スピードでこっちを追いかけながら拳銃を撃ってくる車の存在に気がついた。

それは車体に「○○クリーニング店」のネームの入った車だった。この日の襲撃のためにどこかのクリーニング屋から失敬してきた車に違いなかった。

「追いかけてくる車があるだ。くそっ！　やつら、最初から挟み撃ちにしようっていう魂胆だったんだ！」

松田が怒鳴るように言い、後ろの車に向けて窓から身を乗り出して拳銃を突き出した。「パーン！」という発砲音。

さっきからもう何発撃ったことだろう。どうやらプリンスの車体にこそ当たっても、乗っている人間に当たっている気配はいっこうになかった。

それはこっちも同様だった。あちらからも盛んに撃ってくるのだが、誰も被弾しておらず、かすり傷ひとつ受けた者はなかった。

その代わり、セドリック自体はフロントガラスばかりか、あっちこっちに被弾して全身傷だらけであった。

他の者も、松田に倣って、前と後ろに交互に発砲を繰り返し、俄然忙しくなった。どこから見てもギャング映画顔負けの有様に、目撃者は唖然とした顔になった。国道一号線を名古屋方面へ向かって疾走する三台の車。その車の窓から身を乗り出した男たちが手にする拳銃。そこからバンバン放たれる銃弾。激しい銃撃戦。カーチェイス。

とても現実の世界とは思えなかった。

この三台の車とすれ違った対向車の運転手は、誰もが皆、

「――いまのはなんだ?」

とわが目を疑うハメになった。

だが、そのカーチェイスにもピリオドが打たれるときがやってきた。

抜群の運転技術を誇る平山とはいえ、そうした状況下、ミスが生じるのはやむを得なかった。

平山の運転するセドリックはついスピードを出し過ぎたあまり、中央線を越え、浜松方面へ向かう対向車の小型トラックと正面衝突してしまうのだ。

さらに暴走したセドリックは、その後で別の大型トラックにもぶつかるという二重衝突を起こして横転、大破することになる。六人は車の外へと投げ出された。

場所は愛豊親和会事務所から二キロほど走った地点――豊橋市瓜郷町に出たところであった。

彼らにとって不幸中の幸いだったのは、そんな大事故にも拘らず、彦坂以下六人とも命に別状はなく全員が二週間から一カ月の怪我だけで済んだことだった。

事故現場に散らばった彼らの拳銃も、後を車で追いかけてきた愛豊親和会のメンバーが、警察が駆けつけるより早く回収したから、大事には至らなかった。

彼らの受難を尻目に、プリンスともう一台――クリーニング店の名を刻んだ乗用車は、悠々と名古屋方面へと走り去ったのはいうまでもない。

彼らこそ、元三虎一家浪崎一派・三代目山口組一心会の連合軍、加えて、助っ人をつとめた名古屋の三代目山口組平松組系石川組の面々であった。

4

実はこのときの襲撃に使われたツートン・カラーのプリンスは、名古屋の平松組舎弟の石川尚が買ったばかりの新車であった。

当時の国産車としては最高級の代物で、石川が大金を出して購入し、まだ三日かそこらしか乗っていなかった。

それが一心会の喧嘩の助っ人に駆り出され、襲撃用の車として若い者ともども提供したところ、カーチェイスが始まって、さんざん被弾する始末となった。

見ると、ピカピカのツートン・カラーの車体には、無残にも六発の穴が空いていた。誰の目にも銃で撃ちこまれた痕とわかるものだった。

「こら、あかん。もう乗れんわ。こんなもん乗っとったら、警察（サツ）にパクってくださいと言っとるようなもんや。こら、もうホカすしかないで」

かくてまだ三日しか乗っていない新車なのに、四日後には泣く泣く処分せざるを得なくなったのだ。

プリンスはそのまま豊橋から名古屋、さらに瀬戸まで走って、その山中に運ばれ、遺棄されることになった。

　このプリンスは三カ月ほど後に発見され、そこから足がついて、間もなくして石川は愛知県警に逮捕される。これによって、石川がとんだとばっちりを受けてしまうのは、この抗争の主謀者である浪崎がその後もしばらく逃亡を続けていたからだった。

　石川が一心会との縁から、この豊橋抗争に助っ人として関与したのはあくまで愛豊親和会事務所襲撃からのことで、前日の三虎一家組員射殺事件には一切タッチしていなかった。それなのに豊橋抗争の総指揮官と見なされ、公判では殺人教唆まで付いて、懲役十二年の求刑を受けることになった。まるで身に覚えのない冤罪であった。

　だが、事件から一年二カ月後、浪崎が逃亡先の四国で逮捕されることで事の真相が明らかとなり、石川の冤罪も晴れた。

　結局、主謀者の浪崎に懲役十二年、一心会の実行犯に懲役十年の判決が下り、石川もまた、自分とは関係のない、いわば〝義戦〟ともいえるこの豊橋抗争で懲役五年の刑を受けるハメになったのだった。

　石川が兄貴分の三代目山口組山健組組長山本健一から、

「名古屋で死んで来い。立派な葬式を出してやるから」

と鉄砲玉の使命を帯びて、三代目山口組直系の神戸・平松組舎弟として名古屋へ乗りこんだのは二年前のこと。平松組を率いる平松資夫は、田岡一雄が三代目を襲名した際に親子盃を受けた三代目体制発足時からの直参であった。

石川は山健の期待に応えるべく、生還を許されない鉄砲玉として名古屋の賭場やネオン街で弾けるだけ弾け暴れに暴れまくった。

白いハットに白のフラノのスーツ。その襟元に山菱のバッジを光らせた石川の派手なスタイルは、嫌でも地元組織の目を引いた。

それでなくても、賭場や酒場で挑発めいた行為を繰り返すのだから、いずれ地元組織の手にかかって殺されるのは目に見えていた。

鉄砲玉の死は、葬儀という一大デモンストレーションによって完結し、酬(むく)われることになる。そこから本家の怒濤の進攻が始まるのだ。

だが、石川は殺されなかった。殺されるはずが殺されずに、その名を売り、名古屋で次第に地盤を築いていく。

石川は神戸芸能社の直属支社として名古屋市中村区に名神プロダクションを設立し、その責任者として地元興行界で名を馳せるようになるのだ。

神戸芸能社は美空ひばりを始め、田端義夫、高田浩吉など多くの人気芸能人を擁立する西日本最大の芸能・興行会社であり、その社長が田岡三代目であることは、斯界で知らぬ者とてなかったろう。

そしてその年十一月――名古屋へ乗りこんで一年にも満たない三十七年秋、石川は名古屋で大きな興行を打った。『歌う東映祭り』と銘打った歌謡ショーで、里見浩太郎、山城新伍、品川隆二、北条きく子ら東映俳優陣に加え、人気歌手の田端義夫が競演する豪華版だった。

神戸芸能社名古屋支社である名神プロの旗揚げ興行であり、山口組の記念すべき名古屋進出の披露興行ともいうべき性格のものであった。

それこそ鉄砲玉として殺されなかった石川の葬儀に代わる、山口組の一大デモンストレーションに他ならなかった。

この興行は大成功を収めた。一五〇〇人収容の名古屋公会堂はたちまち溢れんばかりの観客で埋まり、花輪の数も凄まじかった。中京地区の錚々たる親分衆が多額の御祝儀を包んで軒並み足を運び、山口組本家からも田岡三代目を筆頭に、ほとんどの幹部が駆けつけたのだ。

石川は殺されることなしに、むしろそれ以上の成果を収めて、山口組名古屋進攻の先兵の役目を果たしたのだった。

石川には自分の組を大きくしようということより、まず何よりも自分の使命を、名古屋で山口組の名を売り、山口組の地盤を確固たるものにすることに他ならない――と心得ていた。

だからこそ他の山口組の組織に応援を要請されれば、助っ人に駆けつけるのは当然であった。ましてそれが縁のある一心会とあればなおさらだった。

今回の豊橋抗争への参戦も、そうしたゆえんであった。

一方、一度ならず二度までも、しかも二日連続して襲撃を受けた愛豊親和会の怒りは、ピークに達していた。

ただちに彦坂登が指揮をとって、六人の渉外部員を中心に報復部隊を結成、浪崎重一、一心会の韓禄春、桂木正夫らに的を絞って、その命を狙うことになった。

だが、彦坂はプリンス追走劇の最中、二重衝突の事故に遭って一カ月の重傷を負い、病院に入院を余儀なくされていた。

その彦坂が入院する病院へ、報復部隊となる渉外部員の竹内孝ら主だったメンバーが訪れ、密かに会合を持った。

病院の彦坂は、右足をギプスで固定され、頭にも包帯を巻いて見るからに痛々しかった。

それでもベッドの上で、上半身を起こしながら、彦坂は、

「ワシはこんなザマになったが、おまえら、頼むだ。こうなったら一心会のてっぺんを狙う。大阪へ潜行するんだ。会長の桂木は明友会事件で指名手配を受けて逃亡中の身だで、狙いは韓禄春だ。なんとしても韓のタマを奪(と)れ！……どれぐらい時間をかけてもええだ。確実に殺(や)れ！」

と蒼白い顔に眼を爛々と光らせ、竹内たちに命じた。

「はい。やりますだ。ワシら、ここまで舐められて黙っとったら、世間のええ笑い者ですわ。浪崎のヤツもいずれけじめをつけますが、あんなもんより先に、大阪のほうを的にかけようと、みんなで話しとったとこですわ」

竹内もきっぱりと応えた。それは愛豊親和会の若手武闘派の気持ちを代弁していた。

「うむ、頼むだ。骨は拾ってやるから……」

彦坂が頼もしそうに竹内ら精鋭部隊に目を遣った。

5

報復部隊として大阪・神戸に潜伏中の愛豊親和会の渉外部員たちに、引きあげ命令

が下ったのは、潜って二週間ほど経ったときだった。

「えっ、引きあげですって!?　けど、まだ誰もなんの戦果もあげてないですよ」

渉外部長の彦坂登から直に電話を受けた竹内孝は、驚くと同時に、不満も露わな声をあげた。

それでも声を押し殺したのは、神戸の古ぼけた木賃宿の帳場の電話であったからだ。宿の者に聞かれては具合いが悪かった。

「うん、わかってるだ、おまえの気持ちは。ワシだって納得いかねえんだ。まだ的もあげてねえのに、引くなんていうのはな。だけど、会長の指示となりゃ、こればっかりはどうにもならねえ」

彦坂の声も、いつもと違って歯切れが悪かった。

「わかりました。引きあげます。けど、このままで終わりなんてことにはならんでしょうね」

「バカヤロ、どんなことがあってもけじめはつける。そんなことはワシらより会長のほうがよっぽど頑固だってことは、おまえらのほうが知っとることじゃねえか」

「……そうでした」

「わかったら、すぐに引きあげろ。他のヤツらにも連絡はつけてあるでな」

「はい」

そこで初めて納得したように、竹内は受話器を置いた。

渉外部長・彦坂登の指揮のもと、愛豊親和会を構成する各一家から選出された竹内たち渉外部員六人が、密かに大阪入りしたのは、報復のターゲットとして一心会の首領・韓禄春に狙いを絞ったからであった。

六人はそれぞれ別々に車で大阪に入り、個々人で行動を起こすことを申しあわせた。そのほうが、仮に事をなす前に警察に捕まるようなことがあっても、他に累を及ぼさず、自分だけで責任をとることができたからだ。

竹内は大阪入りするや、真っ先に韓の経営する中央区宗右衛門町のマンモスキャバレー「富士」を探った。

店の周辺には大勢の警察官が張り付いており、それも愛知県警の者が多かったので、竹内は目を瞠（みは）った。

「なんだ、こりゃ……なんであいつらがここまで出張って来とるんや……」

竹内には予想外のことだった。

どうやら愛知県警も、今回の一連の豊橋の抗争事件の当事者が、三代目山口組系一心会であることを摑んでいるらしかった。

その後も竹内たちは大阪でしばらく様子を探ったが、一心会の関係先はどこも警察の警戒が厳しく、どうにも身動きがとれなかった。

「こりゃあ、いかんで……」

竹内は歯嚙みした。

竹内にすれば、一心会より何より許せなかったのは、もとはといえば同じ三虎一門の稼業上の先輩に当たる浪崎重一であった。浪崎こそ今度の抗争を引き起こした元凶に他ならなかった。

しかも、竹内に対し、いったんはカタギになると明言しておきながら、その約束を反故にしたのだ。信義も何もなかった。

あまつさえ縁のある一心会に泣きこんで、その力を背景にして元の一門衆に対して昂然と牙を向けてきたのだから、とんでもない男だった。

〈浪崎にはとんだ恥をかかされた。仁義も筋もあったもんじゃねえ。あのヤローだけは許しておくわけにはいかない。浪崎だけはこのオレの手で、きっちりけじめをつけてやるから見てろ〉

心中密かにそんな思いを燃えたぎらせていた竹内は、韓禄春を狙って大阪入りしたときから、

〈もしかしたら浪崎も大阪へ逃げこんでいるのではないか。一心会に匿まわれているかも知れない。浪崎を燻り出せるのでは……〉

との期待があったのだ。

そのときは韓より何より、オレがいの一番に浪崎を殺ってしまおう――と、強く期するところがあった。男の信義を踏みにじられ、顔に泥を塗られたも同然の竹内とすれば、それは何がなんでもやらねばならないことだった。

だが、大阪では身動きできないことがわかって、間もなくして竹内たちは本多会の案内で神戸入りした。本多会との縁は、四年前に非業の死をとげた河澄政照の親分である浅野大助が、晩年、本多仁介の盃を受け若い衆だったことによる。

神戸に潜伏するや、竹内たちは引き続き、個々人で必死にターゲットを追い求めた。しかし、なかなかその成果は挙がらず、ジリジリする思いでいたずらに時は過ぎていった。

それでも彼らは諦めなかった。どっちにしろ、そう簡単に事が運ばないだろうとは織り込み済みである。どれだけ時間がかかろうと、目的を成就するまで彼らは断念する気はなかった。

そんな竹内たちに、突如、彦坂から引きあげ命令が下ったのだから、その無念さも大きかった。が、上の命令に逆らうわけにはいかなかった。

彼らは口惜しさを胸に秘め、豊橋へと引きあげた。

愛豊親和会と三代目山口組との間で手打ちが行なわれたのは、それから三カ月ほど経ったときのことだった。

名古屋の長老である高島三治や東京の並木量次郎ら名だたる親分が仲裁に入ったことで、河澄も涙を呑んでそれを受けざるを得なかった。

ただし、浪崎に対しては改めて絶縁・所払いとし、ヤクザ界からの追放ばかりか、二度と豊橋への帰住も許さないとの処分を下し、認めさせたのだった。

手打ち式は浜名湖畔のホテルで執り行なわれ、愛豊親和会からは河澄政照、多谷嘉晃、戸塚陽望、彦坂登、河合廣が出席、山口組側は若頭補佐の菅谷組組長菅谷政雄を筆頭に、一心会若頭の佐々木竜二ら五人が顔を揃えた。式は滞りなく進行して無事に終了し、豊橋抗争にピリオドが打たれたのだった。

6

手打ち式から間もなくして執り行なわれたのが、この豊橋抗争で不慮の死を遂げた三虎一家の若者の葬儀であった。

豊橋市内の古刹で催された葬儀には、地元ばかりか東海、中京地区からも多数の親分衆や関係者が駆けつけ、盛大なものとなった。

河澄が葬儀委員長をつとめたこの葬儀で、ちょっとした事件が起きた。

手打ち式のときに山口組の責任者として出席した同若頭補佐の〝ボンノ〟こと菅谷政雄も、神戸から会葬に訪れ、皆の目を引いたのだが、事件が起きたのは、菅谷が焼香を済ませた後のことだった。

門前で、菅谷は挨拶に来た彦坂登に対し、

「彦坂はん、どうでっしゃろ。ワシら、こうしてせっかく縁ができたんや。これからも仲良うしていきたい思とりまんのやけどな」

と笑みを見せて申し出た。

「そら、こちらのほうこそ願ってもないことですわ」

彦坂も応えた。

ところが、その後に発せられた菅谷の言葉に、まわりが凍りついた。

「そうでっか。ほなら、彦坂はん、無事に手打ちも済んだことやし、ひとつ豊橋にうちの事務所を出させてもらえまへんやろか。うちの人間を教育してもらいたいんですわ」

シレッとして言う菅谷に対し、彦坂も顔色ひとつ変えずに、

「そらダメですわ。菅谷さん、それは受けいれられません。そういうことなら、この間の話、御破算にしたっても構いませんよ。水に流しましょ。そうなると、もう一度戦争の準備をしなきゃなりませんな」

ケロッと応えたから、色をなしたのは、菅谷に付いてきた側近たちだった。

「なんやと！　おどれ！　誰に向かって言うとるか、わかっとるんか！」

彼らは彦坂のまわりを取り囲んだ。彦坂は少しも臆せず、菅谷の顔を見据えている。

「やめんかい、おどれら」

菅谷は側近たちを引かせたうえで、驚いたように彦坂を見遣った。

「いや、彦坂はん、これは失礼した。なるほど、三河には骨のある男がおると聞いとったけど、ホンマでんな。このボンノに対して、そないに面と向かってはっきり物言うたのは、あんさんが初めてや。わかりました。いまの話は聞かなかったことにしとくんなはれ」

菅谷はニッコリとして、その場を引きあげていった。

菅谷政雄は戦前から神戸・三宮周辺で不良仲間を集めて暴れまわり、「ボンノ」の

異名で恐れられた男だった。戦後、国際ギャング団のボスとして名を轟かせた後、昭和三十四年に直参として山口組に加入した。

山口組では〝外様〟ながら、全国進攻作戦で先兵隊として活躍、その実力は抜きん出ていた。

前年の昭和三十八年暮れ、神戸観光ホテルで開催された山口組の事始めの席上、「山口組運営委員会七人衆」とともに新設された若頭補佐四人が発表された。その四人の若頭補佐の一人に抜擢されたのが、菅谷であった。

最高幹部会である山口組運営委員会七人衆は、舎弟頭の松本一美以下、藤村唯夫、松本国松、安原武夫、岡精義、三木好美という六人の舎弟と、若頭の地道行雄の七人で構成されていた。若頭補佐は、吉川勇次、山本健一、菅谷政雄、梶原清晴の四人である。

この若頭補佐の新設は、次期若頭候補であることを意識させることによって、互いに切磋琢磨させ、各自の能力を引き出させようという田岡三代目の狙いがあったと言われる。

《最高幹部会の伝達機関として、わたしは新たに「若頭補佐役」という制度を設けた。これは一般組員との強力なパイプ役となる一方、最高幹部会へも意見が具申できる重

要なポストで、いわば現場責任者とでもいう役割である。この四本柱によって下部組織の暴走を規制していく》(田岡一雄自伝)

ともあれ、確かに当時、飛ぶ鳥を落とす勢いにあった三代目山口組若頭補佐の菅谷政雄に対して、地方の一ヤクザが面と向かってはっきり物申すというのは、なかなかできることでなかったのは確かである。

表の騒ぎを聞きつけて、葬儀会場の奥から河澄が出てきた。

「どうした、彦さん、何かあったのか?」

すでに菅谷一行は引きあげた後だった。

「いや、何でもありませんよ」

実際、彦坂の様子を見てもつねと変わらず、何事もなかったかのように落ち着き払っている。

軍隊帰りの彦坂の気性の激しさはよく知られており、豊橋抗争の際、襲撃車を追走してカーチェイスが始まったとき、思わず彦坂の口から、

「突撃せよ!」

との軍隊用語が飛び出したというのは、有名な話だった。

後で他の者から菅谷との一件を聞いた河澄は、

「彦さんらしいや」

と、さも愉快そうに笑ったものだ。

河澄も菅谷とは因縁があり、後年、こんなことがあった――。

河澄が渡世内で懇意にし、いいつきあいをしていた一人に、「北陸の帝王」と謳われた福井の港町・三国町の川内組組長川内弘がいた。

よく知られているように、三代目山口組菅谷組の舎弟であった川内は、やがて兄貴分・菅谷の不興を買い、破門された後に、菅谷組傘下組員らによって射殺されるという運命をたどる。昭和五十二年四月十三日のことだった。

直後、菅谷から河澄のもとへ、

「川内の葬儀には出んといてくれ」

との電話が入ったという。が、河澄は、

「恩義がある人の葬儀に出んような不義理な真似はようできん」

とそれを拒否し、三国へ赴き、野辺送りに参列した。

豊橋抗争は主謀者の浪崎重一が殺人罪などで懲役十二年、実行犯の一心会組員が懲役十年の刑を打たれたほか、愛豊親和会側からも多くの逮捕者が出た。責任者の彦坂は銃刀法違反による懲役五年の判決を受けて広島刑務所へ服役したのを始め、渉外部員の竹内以下、新垣、大塚、芳賀ら六人にもそれぞれ懲役一年の刑が下ったのだ。

また、河澄はこの抗争の一件に加え、別の脱税事件でも起訴され併せて七年の懲役刑を受け、府中刑務所への服役を余儀なくされる身となった。

河澄が実際に府中刑務所に収監されるのは豊橋抗争から二年後の昭和四十一年のことだが、その服役前、河澄に、大きな転機となる重大事が待っていた――。

7

その日、東田の自宅に来客があり、その訪問者の面々の顔ぶれを見て、河澄は呆気にとられた。

「これはお揃いで……いったい何事ですか」

思わず口を衝いて出た。応接間に迎えいれながら、河澄は彼らの用件がなんであるのか、およそ見当もつかなかった。

それにしても、判治玉吉、小川次郎、松本昭平という、三河を代表するような長老が揃って訪ねてくるのだから、何かよほどのことがあったに違いない。

「お歴々にわざわざお越し願わなくても、申しつけてくだされば、私のほうから参りましたものを……」

河澄が恐縮して言うと、

「いや、何、こっちが勝手にあんたに願いの筋があって押しかけてきたことだで、こっちのほうこそ済まんだ。まあ、ワシらの話を聞いてくれまいか」

判治玉吉が口を開いた。

判治はもう一人の小川次郎ともども地元の名門・平井一家の長老で、判治は八代目一時預かり、小川は七代目久保田文一の代行までつとめたことのある人物だった。二人とも齢七十を越えていた。

松本昭平は戸塚陽望に跡目を譲って引退後は政界に転じ、いまは市議の身であったが、平井一家とはとりわけ縁も濃かった。河澄の親分である浅野大助と昵懇だったこともあって、河澄も昔から何かと引き立ててもらっていた。

「はあ、私に願いの筋？……そんな畏れ多いことを……どうぞ、何なりと仰(おっしゃ)ってください」

河澄が威儀を正して申し出ると、判治がうなづき、

「うん、それなら前置きなしに単刀直入に言わしてもらおう。知っての通り、うちの平井一家は七代目の久保田文一が病歿(びょうぼつ)して以来、跡目を継ぐ者がおらなんだ。かつ

ては有望な若手もおったんだが、先の大戦で戦死した者もおるし、結局、人材が育たなかった。ワシが八代目預かりということになって、随分、時間も経ってしまった。このままでは歴史と伝統ある平井一家の名跡が消えてしまう。それでなくても、いまや一家はボロボロ、費場所は草ボーボーの状態だでな。そこでだ……」

　ここで判治がひと呼吸置いた。前置きなしのはずが、前置きが長かった。

「そこでだ、河澄の、おまえさんに平井一家八代目をぜひとも継承してもらいたいんじゃ。御苦労かけることになってしまうが、おまえさんに、すっかりボーボーになったうちの草を刈ってもらって、一家を再興してもらいたいんじゃよ」

　思いもよらない話に、河澄は絶句した。いや、聞き間違いではないかと、自分の耳を疑わずにはいられなかった。

「……いま、なんと仰（おっしゃ）ったんですか？……」

　これに答えたのは、判治ではなく松本昭平であった。

「平井一家の八代目を継承してもらいたいと、判治の親分は仰ってるんだよ、会長。八代目預かりの判治親分だけじゃないだ。これは、ここにおられる七代目代行の小川の親分を始め、御存命の一家一門のかたがたの総意だでね。私も平井一家とは因縁浅からぬ間柄とあって、判治親分から真っ先に相談を受けたんじゃが、河澄会長の名が挙がったときには、わが意を得たりと思ったもんだわ。どうか会長、この話、気持ちよく受けてやってくれまいか」

傍らでは、小川次郎がうんうんとうなづきながら聞いていたが、松本の話を引き継いで、

「ワシも平井一家の跡目は、河澄会長しかおらんと思ってるだ」

と、きっぱり言った。

河澄はといえば、長老たちから持ちこまれたあまりに突然の話に、内心で面喰らい困惑しきっていた。

河澄は三人の大先輩に深々と頭を下げると、

「お話はよくわかりました。私ごときに大変ありがたい、身に余るような光栄なお話ですが、それはちょっと待っていただけませんか。平井一家という名門中の名門、三河きっての金看板を、私のようないまだ渡世未熟、浅学非才の若輩者がお受けするわけにはいきません。それに私はもともと愚連隊の出身です。そんな畏れ多いことをしたら、身の程知らずと、世間様から笑われます」

河澄の弁に、判治が、

「何を言っとるだ、河澄君、いったいこの三河に、あんた以外に平井一家の跡目をと

れる人間が、どこにおるだかね。謙遜も度が過ぎると嫌味になるだ。愚連隊出身？　結構なことじゃないだか。そりゃ、苦労かけることになるのは重々わかっとるだ。何せ、ペンペン草が満遍なくボーボーと生えてしまってるだでね。その草刈りができる人間は、あんたしかおらん。あんたを見込んで、ワシらは頼んどるだ」

と半ば憤然としてまくしたてた。

これには河澄も恐縮しきりである。

「私のような者に、それほどまで目をかけていただき、ありがとうございます」

判治は連れの二人と見交わした後で、苦笑を浮かべ、

「ワシも年甲斐もなく少しばかり興奮してしまったようだ。まあ、いい。河澄君、急な話で、おまえさんも即答というわけにはいかんだろ。ワシら、また来るから、考えといてくれんか」

と河澄に告げた。

「わかりました。私も愛豊親和会を預かる身ですから。みんなにも相談したいと思っとります。今度は性根を据えて返答させていただきます」

河澄が応えた。

第五章　平井一家八代目襲名

1

平井一家がいかに三河における名門であるかは、古い愛知県資料にもこう記載されている――。

《平井一家は吉良一家と共に三河部に於ける古き一家なり。幕末の頃小中山に七五三蔵こと小川松三郎（文政二年生まれ）なる博徒の親分となり威勢近隣に振ふ。その子分に雲風こと平井亀吉（文政十一年戊子九月七日生まれ）なる者あり、大胆にして好く衆を率い勢力あり。

配下の者多かりしが文久より慶応に至る間に於て七五三蔵の跡目を承継し二代目親分となり（七五三蔵は愛知県渥美郡福江町大字畠字原の嶋生まれで、明治三十二年十月三日病歿、行年八十一）平井一家と称す。

明治維新の際、尾張侯の集義隊に加わり越後に遠征し、平井の姓を得たりと云う。清水次郎長の終生の敵なりし甲州の大親分黒駒勝蔵と兄弟分の縁あり。黒駒は清水一方の攻むる処となり遁れて亀吉を頼み此一家に匿る。

茲に於て次郎長之を殺さんとし、形の原の親分斧八と結び形の原を根拠として平井一家と争闘を開く。亀吉之に対抗し大いに奮闘したることあり。明治二十六年三月二十四日病歿、行年六十五。

亀吉の実弟原田常吉なる者、明治維新前、遠州新居の番所に発砲し遠島の刑に処せられしが、維新後赦されて帰郷し（新島流人帳、平井村・無宿・常吉、午二十七歳、安政四年四月流罪、慶応四年十月十五日御赦免）、実兄亀吉の跡目を相続して三代目親分と為り、清水一家と和を講じ身内を結束して大いに羽翼を張り全盛を極めたり。

其の配下非常に多く、内最も有力なりし者は、甥の亡き清水善吉、亡き土屋源次、下五井の染五郎こと亡き富安染五郎、下条の富五郎こと竹田富五郎、両高山の国こと牧野国太郎等にして亡き加藤島五郎、牧野国次郎、河合米松等之に次ぐ。

清水善吉は三代目親分亡き原田常吉の実弟亡き原田善六の実子なり（善六は明治二年六月一日、形の原の斧八の食客の立川慶之進、天野稲次郎こと天野良蔵等に殺害せ

ら る）。

　明治二十八年頃、清水善吉は常吉の跡目を相続して四代目親分となり、土屋源治は土屋派、富安染五郎は下五井派、竹田富五郎は下条派を開き、加藤島五郎、牧野国次郎、河合米松らは各小派を為したり。

　原田常吉は隠退後、大正四年二月六日、病歿せり。行年八十四。

　四代目親分清水善吉は好く先代の勢力を維持し多数の配下を統率し、勢力を振るいしが、十数年前懲役十年の欠席判決を受けて関東方面に逃走して大正十年頃死亡せり。

　善吉逃亡後一家の勢力大いに衰え、下五井派の親分富安伊作傍系より入りて跡目を相続し五代目となりしも衰勢を恢復するに至らず、大正十年ごろ発狂して死す。

　其後跡目を相続すべき者無きを以て初代親分小中山の七五三蔵の実子小川浅蔵（慶応二年生まれ）が六代目を相続し、一家を支配せるも勢力無し》

　幕末に端を発する三河の名門・平井一家は、初代小川松三郎（七五三蔵）～二代目平井亀吉～三代目原田常吉～四代目清水善吉～五代目富安伊作～六代目小川浅蔵～七代目久保田文一と続く譜で、費場所も豊橋市を中心に八名郡、南設楽郡、北設楽郡、渥美郡、宝飯郡三谷町以東、額田郡内東部の一部、東加茂郡内東部の一部――と広大であった。

往時には直系派、土屋派、下条派、下五井派の四派があるほど隆盛を極めた平井一家だが、御多分に漏れず、大東亜戦争を経て、有望な若手を戦地で亡くしたり、後進が育たず、戦後は衰退の一途をたどっていた。

初代の実子である六代目小川浅蔵が昭和二十三年一月二十七日、八十二歳で病歿（びょうぼつ）した後、久保田文一が七代目を継承、一家の再建を図ったが、その途上で病に倒れ、志半ばで世を去った。

跡目を継ぐ人材も見当たらず、八代目は判治玉吉の一時預かりとなり、その座は空席のままにいたずらに時が過ぎていた。

そんな折、ようやく判治を始め、一家一門の眼鏡に適う人物として白羽の矢が立ったのが、愛豊親和会会長の河澄政照であったのだ。

話を持ちこまれた河澄は、ハタと困惑した。

いくら全盛時とは比ぶべくもない状態とはいえ、平井一家といえば、この渡世で生きる人間なら知らぬ者とてない名門中の名門、そこいらの愚連隊や昨日今日できた一家とは格が違っていた。

河澄が名古屋から豊橋に移住してきたのは昭和二十八年末で、浅野大助の代官町一派の愚連隊の身ではあったが、むろん平井の俠名は聞き及んでいた。

河澄は当初、豊川のセントラルというダンスホールを買いとってそこに住み、しばらくして豊橋の遊郭がある東田という街に自宅を構えた。

そのころ、平井一家は七代目久保田文一の代で、東田遊郭を賭場所にしていたのは、下五井派三代目の吉田松三郎であったが、いかんせん八十歳を越す高齢で、名だたる子分衆も他界している者が多かった。

それでも老俠の身は風格があり、平井一家と聞けば泣く子も黙るふうで、やはり腐っても鯛、伝統の重みはヒシヒシと感じられた。

その平井一家の跡目をまさか自分が継承しようなどとは夢にも思っていなかった河澄にすれば、まず最初にとまどいがあったとしても無理なかった。

「そりゃ、ええ話じゃないですか。ぜひ受けるべきですよ、会長。三河がさらに一本にまとまる、またとない機会です」

はたして愛豊親和会の幹部を召集して、河澄がその件を諮ったところ、皆が皆、諸手を挙げて賛成する者ばかりだった。

「何をためらっておられるんですか、会長。これを断わってはならんですよ。それはとんでもありません。だいいち、そんなことをしたら、判治親分を始め、長老たちの顔を潰すことになります。絶対にそれはならんです。会長、ぜひ受けてやってください。三河のためです。会長が平井一家の親分ということになれば、三河は……愛豊親和会はより強力にまとまります。間違いないだ」

一人の幹部がまくしたてるように賛成意見を述べると、他から拍手が湧き起こった。

平井一家の八代目継承という案件に、誰もが当の河澄以上に興奮していた。

これにはむしろ河澄が圧倒される思いがして、唖然となった。

〈そうか、三河のため、か……〉

そのひと言に、河澄は強く心を動かされたようだった。

2

その日、腹心の赤尾五郎を従えて、豊橋市花園町の仁長寺に赴いた河澄は、寺の裏手の墓所の一角に五基並んだ墓のひとつひとつに手を合わせていた。

墓はそれぞれ向かって右から順に、平井一家四代目清水善吉と妻つる、平井一家三代目原田常吉と妻きみ、原田家先祖代々の墓、清水家先祖代々の墓と並び、左端の墓が《無縁法界》――二代目平井亀吉の大岩、治郎吉、勘重、松太郎、種吉という五人の子分の供養碑になっていた。

河澄は最後にその供養碑に線香を手向け、静かに手を合わせた。祈り終えると、赤尾が運ぶ水桶から柄杓で水を汲んで、いとしむように墓に注いだ。

「二代目の平井亀吉さんが偉かったと言われるのは、この子分たちがおったお陰で……」

河澄がひとりごちると、

「はっ？」

何か用事を聞き漏らしたと勘違いした赤尾が、あわてて聞き返す。

「おまえは知っとるか、この五人の子分の逸話は？」

「いえ……」

「平井亀吉という平井一家二代目の親分は、あの黒駒の勝蔵と兄弟分だったでな。清水の次郎長の終生のライバル――というより、仇役にされた親分だで。二人の闘いはそりゃ凄絶でな、義によって黒駒方には平井一家が味方し、清水一家には形の原一家が助っ人した……次郎長さんと形の原斧八が兄弟分だったでな」

「はあ……」

河澄の話に、赤尾は引きこまれていった。

「あるとき、清水・形の原連合軍が平井亀吉宅を急襲したんだが、その数、四、五十人。片や平井宅には、平井亀吉と黒駒勝蔵、他にわずかの手勢――五人しかいなかったんだな。で、そのとき、この五人の子分が親分の平井亀吉、御父御の黒駒勝蔵を逃がすため、死に物狂いの獅子奮迅の働きをしているわけだ。その結果、五人ともナマスのように斬られて討ち死にをとげたが、その犠牲があって、平井亀吉と黒駒勝蔵は危ういところを逃がれて助かったという次第だでな……」

河澄から聞く初めての話に、赤尾はすっかり感心し、供養碑に記された大岩、治郎吉、勘重、松太郎、種吉の名を声に出して読みあげた。

「それじゃ、この五人が平井一家の二代目と黒駒の勝蔵さんの命を、身を捨てて守ったという御仁で……」

「そうだ。子分が偉いから親分も引きたつだ。いつの時代も同じだなあ」

河澄がしみじみと言った。

清水次郎長が兄弟分の形の原斧八宅を足場にして、平井亀吉と黒駒勝蔵への襲撃を敢行したのは、元治元年六月六日のことだったという。

といっても、この戦いに次郎長は参加せず、指揮を執ったのは清水一家の大政と形の原斧八であった。二人に率いられた清水・形の原一家連合軍は四十三人。

彼らはそろって陣中笠を被り、派手な飛白(かすり)の単衣に独鈷(どっこ)の博多帯、白股引き紺脚絆(きゃはん)

というでたちであったという。

清水の大政を総大将とする四十三人は、種子島四挺、槍十六筋を先頭に立て、早朝、二艘の船に分乗して形の原の海岸を出発した。

船は渥美湾の北岸沿いに東に向かい、昼少し前に前芝海岸に着いた。そこからは水田沿いの一本道を一里足らずで平井だった。

そうとは知らず、平井亀吉宅では、亀吉、勝蔵と、大岩、治郎吉、勘重、松太郎、種吉の五人の子分とが、二階の座敷で車座になって酒盛りをしている最中だった。

御油の遊女屋から身請けしてきた若い妾に酌をさせながら、亀吉と勝蔵は気持ちよく飲んでいた。まさか刺客たちがすぐ間近まで迫っているとは、夢にも思わない。

そのとき、突如、「バーン！」と一発銃声が聞こえたかと思うと、続けて何発か鳴り響き、一座の前の鉢が粉々に砕け散った。

「殴り込みだ！」

子分たちが色をなして脇差を摑むや、転がるように階段を駆け降りて行く。

が、時すでに遅く、清水・形の原連合勢が大挙して雄叫びをあげながら雪崩れこんできた。

〈あっ、これはいかんだ〉

瞬時のうちに自分たちの置かれた状況を見てとった勘重は、すぐに階段を駆けあがり、

「親分、叔父御！　ここは逃げておくんなせえ！　相手は四、五十人はおるだ。ワシたちが引き受けます」

と亀吉と勝蔵に叫んだ。

それでも亀吉は応戦の身支度をしながら、

「何を言うか、勘重、そんなもん、物の数に入らんだ」

とあくまで突っ張る。

「親分、お願いだ。ワシらの死を無駄にせんでおくんなさい」

勘重の命を賭けた訴えに、亀吉も涙を呑んで折れ、

「わかった」

と勝蔵と二人して裏手の窓際から、廂の下へと降り立った。

それを見届けると、勘重は再び階段を駆け降り、斬りあいの渦の中へと飛びこんでいく。他の四人とともに阿修羅のように脇差を振るい、防戦につとめた。

敵に二階に昇らせぬよう階段を外し、双肌脱ぎとなって切っ先を揃え、五人の戦いぶりは凄まじかった。

だが、所詮は多勢に無勢で、間もなくして限界が訪れた。大岩、勘重、治郎吉、松太郎、種吉の五人は、膾（なます）のようにメッタ斬りにされて最期を遂げた。

かわいい子分を失った亀吉の心痛はことのほか大きく、報復の一念に燃えた彼は、きっちりとそれを果たしている。

元治元年十二月二十七日、三代目原田常吉の実弟・善六を総大将とする粒選りの子分二十八名の報復部隊が、形の原の斧八の家に殴り込んだのだ。

報復の鬼と化した彼らは、怒濤のように斧八宅に殺到した。斧八にはいち早く裏手から逃げられたものの、平井一家の二十八人の一団は、斧八の子分七人を斬殺し、家もろとも焼き払った。

五人の仇を討った平井勢は、炎上する斧八の家の前で勝鬨（かちどき）を上げたという。

3

河澄が平井一家八代目を継承することを受諾し、内々でその継承盃と継承披露宴が執り行なわれたのは、それからしばらくした後のことだった。

その式場となったのが、あの〝吾妻屋事件〟の舞台となった吾妻屋であったから、河澄もその因縁に驚くとともに、感慨深いものがあった。

八代目継承盃では、河澄を口説いた一家の長老・判治玉吉が霊代をつとめ、平井一家と縁の深い松本昭平が取持人をつとめた。

松本は河澄の親分であった浅野大助とは昵懇の仲であり、自分の取持った縁であったから、河澄の平井一家八代目継承を誰よりも喜んだ。

「よかった、よかった。ワシもうれしいだ。肩の荷が降りた感じがするわ。浅野の大さあも、草葉の陰で、おまえさんの今日の晴れ姿をどれだけ喜んどることか。ワシもこれでひとつ役目が果たせた。向こうへ行ったら、大さあにも顔向けができるってもんだ」

松本の祝福に、河澄は胸を熱くし、頭を下げた。

「ありがとうございます。叔父さん、まだまだ浅学非才の身ですが、平井の金看板に泥を塗ることのないよう、また、私を推薦してくれた叔父さんに恥をかかせることのないよう、日々精進して、任侠道に邁進する所存です」

河澄が豊橋抗争の一件を含む懲役七年の刑をつとめるため、府中刑務所に服役するのは、平井一家八代目継承後いくらも経たない時期であった。

愛豊親和会にとっても、豊橋抗争の痛手は大きく、河澄以下、彦坂、多谷、戸塚ら幹部が軒並み逮捕され、懲役刑を余儀なくされたことで、同親和会はいったんは解散のやむなきに至った。とんだ豊橋抗争余波といってよかった。

そこで河澄が戻ってくるまでの間、せめて若手が中心となり一丸となって東三河を守ろうとの主旨で結成されたのが、「東三睦会」であった。会長に就任したのが、後に三虎一家五代目を継承することになる宮地開住雄だった。

宮地は大正十五年十一月十一日、三重県員弁郡の生まれ。二歳のときに母が病歿し、愛知県知多郡日間賀島で漁業を営む宮地林次郎の養子になった。

開住雄が小学校六年生になったころ、養父は借金を重ねて島にいられなくなった。一家は夜逃げ同然に横浜に移り、父の林次郎が港湾荷役の仕事に従事することで、親子ともどもダルマ船で暮らすようになった。海の住人のような生活だった。

やがて開住雄は陸へあがり、ダルマ船の代わりに山下公園、倉庫の荷の陰、墓場、神社などを寝ぐらとしながら、いっぱしの不良少年として顔を売っていく。子どものころから漁師の仕事を手伝って鍛えた躰はたくましく、十四、五歳の身で、すでに十八、九歳に見られるほどだった。喧嘩も滅法強く、めったに負けたためしはなかった。

宮地が横浜で喧嘩三昧の日々を送るうちに、世はいつか大東亜戦争に突入していた。歯ごたえのある喧嘩相手を求めて、伊勢佐木町にもちょくちょく出るようになったとき、彼はそこで初めての大敗を喫する相手と出会う。

「おい、見かけない顔じゃねえか。てめえ、どこのグレだ？」

ある日、宮地はオデオン座の前で、地元の者と覚しき不良たちに囲まれた。リーダーと配下をあわせて六人。

「おまえらこそ誰だい？」

宮地の科白に、配下たちが声を立てて笑った。

「伊勢佐木町の番長を知らねえとは、やっぱりこいつはモグリじゃんか。おう、どこの田舎者だい？」

「うるせえ！　てめえら、ガン首並べやがって。番長だかなんだか知らねえが、一人で喧嘩もできねえのか！」

番長は宮地の挑発に乗らなかった。

「ヤロー！　生意気な小僧だな。ちょっとヤキを入れてやれ」

いつの間に用意していたのか、配下たちは棍棒や鉄棒を手にしていた。彼らはそれを振りまわして、素手の宮地に襲いかかってくる。

「汚ねえぞ！　横浜の不良はそんなもんなのか！」

「うるせえ！」

多勢に無勢のうえに、人数の多いほうが道具まで持っているとあっては勝負にならなかった。

宮地はやられっ放しの状態となり、肋骨を四本折られて瀕死の重傷を負い、十全病院に入院するハメになった。

宮地は病室のベッドで固く報復を誓った。見舞いに駆けつけてきた不良仲間にも、その旨を公言し、仲裁の話には一切乗らなかった。

そんななか、宮地を拾ってくれたのが、平塚の半谷組組長半谷竜蔵であった。半谷の正式な盃こそ受けなかったが、宮地はそこで男の修業に励んだ。

戦争が日本の敗戦によって終わりを告げると、横浜にも大勢の進駐軍が押し寄せてきた。あるとき、その米軍関係者と半谷組の者とが揉めごとを起こし、宮地がその責任を一人で背負うことになった。

宮地は東海道を西に下って身を躱した。

そんな旅の過程で知ったのが、豊橋の三虎一家二代目佐野富美男であった。

この佐野富美男の跡目をとることになる佐野正晴と出会ったのも、それから間もなくのことだった。ふとしたことからぶつかり喧嘩したのが縁で二人は意気投合し、兄弟分になった。佐野正晴が兄貴分、宮地が舎弟分だった。

やがて二人は佐野富美男の盃を受けて若い衆となり、三虎一家の一門に連なったのである。

4

昭和四十八年春、河澄政照は府中刑務所を出所、七年ぶりに豊橋に帰ってくるや、程なくして東三睦会を解散し、新たに「愛豊同志会」を発足させた。

ただし、愛豊同志会がそれまでの愛豊親和会や東三睦会と決定的に違っていたのは、それが単なる親睦団体ではなく、平井一家（八代目河澄政照総裁）、三虎一家（四代目多谷嘉晃総長）、彦坂組（彦坂登組長）、星野組（星野晨組長）、二代目松本一家（戸塚陽望組長）、石田組（石田充利組長）から成る統一組織であったことだった。

その代紋も決まり、丸の中に「志」の文字を入れたものに統一された。

愛豊親和会を発展的に改称させたものとして、四代目愛豊同志会の名称で発足し、河澄が総裁に就き、初代佐野賛郎、二代目河澄政照、三代目多谷嘉晃に続く四代目会長を継承したのは、戸塚陽望であった。

発会式は豊橋市大村町の料亭で執り行なわれ、ここに三河地区最大にして最強組織が旗揚げしたのだった。

そこには豊橋抗争の苦い経験を教訓にして、

「三河の地は何が何でも自分たちの手で守らなければならない。そのためにも、もう地元同士でやりあっている場合ではない。地元勢が大同団結し、一つになって外敵に当たるしかないんだ」

という河澄の強い信念がこめられていた。

この河澄総裁のもと、愛豊同志会は一枚岩の組織体の構築に向けて、順調な滑り出しを見せていく。

トップの河澄と、組織運営の中枢を担う幹部である三虎一家の宮地開住雄、竹内孝、新垣盛栄、石田組の石田充利とが、兄・舎弟の盃を交わしたのも、一本化への第一歩であった。

翌四十九年夏、河澄は三虎一家四代目の多谷嘉晃から重大な相談を受けた。

河澄はその話を聞くなり、

「ほう、それはいい話じゃないかね。西三河にはうちの勢力はひとつも置いてないんだから。それにそんな名門の跡目というのは、願ってもないだ」

と、静かに笑みを湛（たた）えて応（こた）えた。

「ええ、そうかも知れませんが、ただ、名門と言っても、もうすっかりペンペン草が生えてしまって、厄介このうえないところらしいんですわ」

実際に多谷は困ったような顔になっている。

多谷が河澄に持ちこんだ相談というのは、こういうことだった——。

西三河の安城市に本拠を置く博徒一家で、幕末に端を発する三州井上一家という老舗があった。初代井上治助～二代目中村市松～三代目中村新次郎～四代目長沢福太郎～五代目中村武由と続く系譜で、当代の五代目中村武由体制はもう三十年になろうとしていた。

初代井上治助の時分には、清水次郎長がワラジを脱いだこともあるという歴史のある一家だった。

そのとき、兇状旅の身であった次郎長は、十手持ちの連中に追われ、危うく難を逃れたという。

初代井上治助の菩提寺であり、彼が眠る墓もある葵町の浄賢寺には、次郎長が逃げるときに跨いだといわれる石が、長い間、伝説として残っていたほどである。

ちなみに次郎長の女房になったお蝶は、西尾藩の武士の娘で、この葵町の出身だった。

三州井上一家は二代目中村市松の代になって隆盛を極めた。井上十人衆といわれる若手の精鋭も揃って、二代目は全国に顔を売ったのだ。

三代目を継承したのは、二代目の娘婿にあたる中村新次郎であったが、二代目ほどの器量はなく、一家は次第に衰退し、三代目が引退するころにはもはやかつての勢いはなかった。

四代目長沢福太郎の代は短命に終わり、戦後すぐに五代目を継承したのが、三代目中村新次郎の実子・中村武由であった。

中村武由はその重責を担って、これ、よくつとめたが、残念ながらいい若い衆が集まらず、一門の若手もいっこうに育たなかった。

五代目を継承して三十年近く経つのに、後継者も見当たらない状態であった。一家がそんな有様であったから、弱肉強食のこの渡世、周囲の組織は虎視眈々と爪を伸ばしてこようとしていた。

その中村武由五代目と呑み分けの兄弟分の縁を結んでいたのが、四代目愛豊同志会会長の戸塚陽望と同三虎一家四代目の多谷嘉晃であったのだ。

中村武由は思いあまって、豊橋に多谷を訪ねてきた。

「もうオレの手に負えん。跡目がおらんのだ。兄弟、頼む。なんとか兄弟の三虎から跡目を送りこんでもらえまいか。うちの一家はもうペンペン草が生えてどうにもならん。草を刈りとってくれるヤツをもらい受けたいんだ。頼む、オレの跡目を」

中村の頼みは切実だった。

「――わかった。なんとかしよう」

兄弟分の頼みとあって、多谷も断わるわけにはいかなかった。

多谷はただちに三虎一家の幹部を召集し、臨時幹部会を開いた。中村五代目には任せてくれと請けあったものの、さて、誰を井上一家の跡目に送りこむかとなると、すぐには該当者が思いあたらず、その選択はかなり難しかった。

〈だいたいオレの跡目だって、そう簡単には決まらなかったじゃないか……〉

多谷は内心で溜息をついた。

多谷は近々引退する予定であった。政界へ転身するためで、来年の豊橋の市会議員選挙へ打って出る肚(はら)を固めていたのだ。

すでに河澄に、その旨を報告して許諾を受けていた。自分の跡目も内定しており、これまた河澄の承認も得ていたのだが、それが決まるまで紆余曲折があったのも確かだった。

結局、最後は河澄の意向が大きく反映しての三虎の跡目内定となったのだった。

三虎一家の臨時幹部会において、中村武由から持ちこまれた井上一家の跡目問題が話しあわれたときも、意見はいろいろと出てなかなかまとまらなかった。論議は、誰を安城の井上一家の六代目に送りこむか――の一点なのだが、難航した。

最終的に皆の意見が、一人の男を推すことで統一されたときには、かなりの時間が経っていた。

5

「それで三虎の誰を送りこむことに決めたんだい？」

河澄が多谷に興味深げに訊ねた。

「ええ」多谷がひと呼吸置くと、

「松風清次郎です」

と答えた。

「松風？　誰だい？」

河澄にすれば、それは予想もしない意外な名前であったようだ。盛んに首をひねっている。

「はい、もともと豊橋の生まれなんですが、十六、七のときに関東にのぼって、ずっと東京におる男です。最初はうちじゃなく、浅草の別の一家におったんですが、殺人で懲役に行って青森刑務所に服役しとるときに私と一緒になりました。そのとき、ぜひ私の盃が欲しいというので、ヤツが所属してた浅草の一家に話をつけてもらい受けたわけです」

多谷の説明を聞いて、河澄もようやくうなづいた。

「ずっと東京におる男なんだな」

「ええ、で、三虎の他の幹部連中とも話しあった結果、この松風を東京から連れてきて安城の跡目に据えようということになったわけです」

「そうなのか、うーむ……」

多谷の話に、河澄が考えこんだ。

その様子を目のあたりにして、多谷が不安そうな面持ちになった。

「総裁、松風では不足でしょうか」

「うーん、少しばかり弱いな。十代からずっと東京へ行っとるとなりゃ、まるっきりこっちでは知名度がないだろ。そりゃ、厳しいだ、うちとしても。……この話、少し待ってくれないか」

「……わかりました」

「この案件、今度の同志会の月寄りにかけよう。それまでワシが適任者を考えとくから」

「総裁にお任せします」

安城の井上一家の跡目を誰にするか、最後は河澄の手に委ねられることになったのだった。

愛豊同志会幹部会の日、河澄が指名した井上一家の跡目は、三虎一家幹部の竹内孝であった。

想像さえしていなかったことだけに、河澄の指名が、竹内には驚きだった。

「えっ、私がですか……」

「うん、本当ならあんたは三虎一家の跡目を継いでもおかしくない人間だ。それをあえて一歩下がって、兄弟分の宮地に譲ったんだ。井上の跡目はあんたしかおらんだろ」

河澄がきっぱりと言う。

「宮地」というのは、河澄が服役して留守の間、東三睦会会長をつとめた三虎二代目佐野一家の宮地開住雄のことだった。三虎四代目の多谷嘉晃が近々引退することで、その跡目に内定していたのが宮地であった。

「総裁……」

河澄がそこまで言ってくれるのはありがたく光栄でもあったが、竹内の胸中は複雑だった。

ヤクザ渡世に生きる者からすれば、跡目継承は名誉なことであり、喜ばしいはずなのに、竹内にはそれをどう受けとめていいかわからなかったのだ。思ってもいなかった突然の話に、まずとまどいがあったのも確かだった。

だが、兄貴分でもある河澄から「そうせい」と言われれば、竹内に他の選択肢はなかった。

「草刈りが大変だで、ようけ苦労かけることになるだが、頼む。行ってくれまいか」

「わかりました。未熟者ですが、精一杯つとめさせてもらいます」

「うん、頼むだ」

これには、その場に居あわせた愛豊同志会の幹部からも、

「そりゃ竹内が適任だわな。さすがに総裁は慧眼だで。井上一家と言えば、次郎長さんもワラジを脱いだっていう名門だ。竹内、頑張ってくれよ」

「兄弟にだけ苦労を背負わせるようで申しわけないが、兄弟、頼むわ。あっこは名古

屋に一番近い激戦区だで、草刈りの大変さも並大抵のもんじゃないもんでな」

「けど、竹内の兄弟ならやってくれるだろ。これで西三河にも、念願の愛豊同志会の橋頭堡(きょうとうほ)が築けるってもんだ。ワシらも極力応援するから」

と、口々に声があがった。

宮地も竹内に近づいてきて、

「兄弟、安城に土地鑑はあるのか？　まさか縁もゆかりもない土地ってわけじゃあるまいな」

と訊(たず)ねた。

「いや、もともとあっこは母親の里だでな。ガキのころからしょっちゅう行っとるし、馴染(なじ)みもおってな、満更知らん土地でもないだよ」

かくて竹内が豊橋から安城へと移住したのは、その年十二月十九日のことだった。

そのとき、一緒に連れていったのは、精鋭の手勢十七人であった。

竹内は彼らにこう檄を飛ばした。

「いいか、オレは、いつでも赤き着物か白き着物を着れるという人間しか連れていかない。その覚悟のない人間がいくらおっても、無意味なことだでな。そんなモン、いないほうがマシだ。おまえら、オレに命を預けてくれよ」

それから一週間後、暮れも押し迫った十二月二十六日、蒲郡・三ヶ根山のホテルにおいて、竹内の三州井上一家六代目継承盃の儀式が執り行なわれた。

河澄が後見人を、戸塚陽望が取持・媒酌人をつとめ、愛豊同志会の内々だけの式典となった。

その一カ月後、昭和五十年一月二十三日、三州井上一家六代目竹内孝と三虎一家五代目宮地開住雄の合同襲名披露宴が、三ヶ根山の同ホテルで盛大に催された。

この年一月一日元旦を以って、三虎一家四代目多谷嘉晃が引退を表明、五代目宮地開住雄が誕生していた。

竹内・宮地の合同襲名披露宴には、地元ばかりか全国から錚々たる親分衆や関係者が駆けつけ、二人の新たな門出を祝った。

この日、竹内と宮地は、その列席者のなかに、昔の思いがけない懐しい仲間の顔を見い出した——。

6

「本日はおめでとうございます。御両人、大変な出世だ」

ホテル大広間の上座の雛壇にすわる竹内、宮地に近づいてきた男を見て、二人の顔が期せずして綻んだ。

「おお、これはこれはまた懐しい人が……遠いところを来てくれて……うれしいよ」

男は、かつて豊橋で同じ三虎一門に所属し、竹内、宮地とは兄弟分同然のつきあいをしていた二村昭平であった。

二村はすでに豊橋抗争以前、十三、四年前に豊橋を離れて上京し、東声会の町井久之門下となっていた。

もとより当時の親分・浪崎重一と町井との間で話しあいがついて、円満に移籍したのである。

東声会は頂上作戦のときにいったん解散したが、東亜友愛事業組合として再建され、二村はいまやその大幹部であった。

「いやいや、お二人さん、すっかり立派になられて……晴れ舞台に呼んでもらえてうれしいよ」

「何を言っとるだがね、二村の組長。あんたの噂もこっちまで聞こえてくるだ。ようけ男を売っとるようだで」

二村は昭和三十二年二月の吾妻屋事件で、いわば親分・浪崎の盾代わりとなって撃たれ重傷を負ったものの、不死鳥のように甦り、東京でメキメキ頭角を現わしていた。

「なんの、お二人に比べたら、まだまだオレなんか渡世未熟者。オレも二人にあやかって上に行けるよう、二人の足元に一歩でも近づけるように、なんとか頑張りたいと思ってるよ」

「組長が言うと、えらい皮肉に聞こえるがな。耳が痛いだ。花の都の激戦区で男を売っとる御仁から見りゃ、ワシら田舎者だでね。まあ、ひとつこれからもよろしく頼むだ」

三人は交々笑いあった。

「そういえば思い出すなあ。あれはいつのことだったかなあ。もう昔のことだけど……」

竹内孝が目を細めるようにして切り出し、

「うちの佐野の親父が打った興行の売りあげ金を、ワシが博奕で全部使いこんでしまって、そっちを誘って東京へ金を工面しに行ったことがあったがね」

と二村に向けて続けた。二村がすぐに応じ、

「ああ、あった、あった。忘れられんな。あのときは金は工面できなかったけど、東京でバッタリ宮地の五代目に会ったんだったなあ」

と懐しそうな顔になった。

それは昭和三十六年ごろ、三虎一家三代目佐野正晴が、豊橋公会堂において、酒井雲龍という浪曲師の興行を打ったときのことだった。

竹内がその会計を担当していたので、前売券の売りあげを持って、二村を誘い、東海地区の賭場へ遊びに行ったことがあったのだ。

が、その日はまるきりツカず、二人ともスッカラカンとなり、おまけに借金（キリ）まで背負った。

「弱ったなあ。親父の興行の金、どないして穴埋めしたらええもんか……」

竹内が頭を抱えていると、

「よし、東京へ金を作りに行こう。向こうにゃ知りあいも多いもんで、なんとかなるかも知れんだ。景気のいいヤツもおるし、アテもあるだ……」

東京に顔の利く二村が提案した。

「東京か……それもええが、東京へ行く旅費もないがな」

「うーん、そうだったな」

「よし、こうなったらしょうがないだ。なんとかしよう」

竹内が思いついた窮余の策が、親分の佐野正晴が面倒みている豊橋の飲食店などから、みかじめ料を先取りすることだった。

竹内はパチンコ屋やバー、キャバレーをまわって佐野の名前で金を徴収すると、それを元手に二村とともにただちに東京へ向かった。

だが、案に相違して、東京での金策は思うようにならなかった。

逆にそんな最中、偶然にも新橋のホテルでバッタリ会った宮地開住雄から、

「おっ、兄弟、いいところで会ったな。金、持っとらんか」

と借金を申しこまれる始末だった。

「ここに五万円くらいあるけどな」

豊橋でみかじめ料を先取りして集めた金だった。

「それを貸してくれ、頼む。女房がいまから豊橋へ帰るで、それくらいの金を持たさななならんだ」

「ああ、ええよ」

東京まで金を作りに来たはずなのに作れないばかりか、逆に兄弟分に金を貸す顚末となってしまった。

結局、金策はままならず、二村を東京に残して竹内が一人で豊橋へ帰るハメになった。

「金はできなんだが、しょうがない。興行の金、持ち逃げしたと言われちゃ敵わん。明日、浪曲興行の幕も開くことだし、ワシ、帰るわ」

まだ新幹線の走っていなかった時代で、竹内は東京駅から夜行列車に乗り、およそ八時間かかって、豊橋には浪曲ショーの開演当日の朝に着いた。

会場へ着くなり、一門の先輩が竹内をジロッと睨んで、

「おい、どこへ行ってたんだ？　金はどうした？」

と訊ねてきた。

「ない。博奕で全部使ってしまった。持ち逃げしたと言われるのが嫌だから、帰ってきた」

竹内は開き直った。

先輩は驚いて、

「それからおまえ、親父が面倒みてるあっちこっちの店から金を集めて行ったろ？」

と、さらに問い糺した。どうやら竹内のやったことはすべてバレてしまっているようだった。

「ああ、集めた。先取りさせてもらった」

「親父はわかっとるのか？」

「いや、わかっとらん。言ってないから」

竹内の返事に、先輩は呆然(ぼうぜん)とした顔になった。

7

「えっ？　じゃあ、兄弟、あのときは借金の算段で上京しとったのに、反対にワシが兄弟からおアシを借りてしまったってわけかい？」

竹内孝と二村昭平の昔話を聞いていた宮地開住雄が、びっくりしたように竹内に訊ねた。

「うん、実はそうなんだ。いまだから話すだが、上京する旅費もなくてね、兄弟に貸したあの金も、佐野の親父の名前で、豊橋のそこら中の店からみかじめ料を先取りしてかき集めたヤツだったんだわ」

竹内が笑いながら答えた。

「そいつは済まなんだなあ。初めて知っただ。……兄弟、水臭いなあ。なんであのとき、そのことをワシに教えてくれなかったんだい？……」

「なんの、兄弟、もう十三、四年も前の話だで。……それに、親父の打った興行の売りあげ金を、博奕で使いこんでしまったっていう締まらない話だで、兄弟に、そんなワシの恥を言うわけにもいかなんだ」

「自分がそれほど困っとるのに、なけなしのおアシをワシに貸してくれたんだなあ。……兄弟らしいや」

竹内と宮地が話すのを、傍らで二村がニコニコしながら聞いていた。

なにしろ、今日はこの二人が主役をつとめる合同継承披露宴であった。それぞれ三州井上一家六代目、三虎一家五代目を継承するというので、二村も東京から駆けつけたのだ。

そんな二人を祝福するかのように、三ヶ根山も朝から晴れわたり、全国から大勢の親分衆が列席する盛大な披露宴となったことで、二村はわがことのようにうれしかった。

「けど、兄弟、それでどうなったんだ？　おアシを作れんで、佐野の親父のところへ戻って……いや、済まん。こりゃ、野暮な愚問だったな」

宮地が思い出したように訊（たず）ねた後で、それをすぐに失言と気づいて詫びた。

「いや、怒られたことは怒られたけど、さすがは親父だったな。顔を合わせるなり、『バカヤロー！』って、ステッキで一発思いきりどつかれたが、それっきりだった。

後は一切お咎めなし、それでおしまい。『このヤロー、ワシが打った興行の金、どうしたんだ!?』とか、『いったい何に遣いやがったんだ?』とも一切追及されなかった。そのことは親父が亡くなるまで、ただの一回も言われたことがなかったな」

竹内の話に、宮地と二村は、信じられないという顔になった。

「そりゃ、兄弟、普通なら指詰めもんだし、場合によっては破門されてもおかしくないような話だで。それを一回どつかれておしまいというのは、到底考えられんな。それだけ兄弟は親父さんに目をかけられてたってことだろうな」

宮地が言えば、二村も、

「まったくだ。佐野三代目という親分は、やっぱり肚のすわった親分だったなあ」

とうなずいた。

「親父からすれば、ワシが博奕で全部その金を遣いこんでしまったなんてことは、先刻すべてお見通し。それを逃げずに帰ってきたことで、よしとしてくれたんだな。じゃあ、帰らなかったら、どうなっていたか?

興行の金を持ち逃げしたというワシの汚名だけが残って、親父からも破門されて、いまのオレはなかっただ……」

竹内の述懐に、宮地と二村はうなづき、感慨深げな顔になった。

「河澄総裁という親分にも、死んだ佐野の親父と似たようなところがあってな、そりゃ肚（はら）の大きなお人だで。ワシ、ある兄弟分の不始末のけじめで、総裁に指を詰めて持って行ったことがあるだよ」

竹内のその話も、他の二人には初耳であった。

「なんで、兄弟が？……」

「うん、その兄弟分が盆を開いたとき、心ならずも泥棒がかすりを取るような格好になってしまったでな。事情があったとはいえ、申し開きのできることじゃない。おまけに、ワシがお客を連れてやっとったこともあって、共同（ノリ）でやってると誤解する向きもあったもんでな。なら、ワシがけじめをつけようと……」

「そんなことがあったんかい」

「そしたら総裁は、何も言わず、ワシの指を受けとってくれ、一切を不問にしてくれたで。男が指を詰めたら、それで終わりや――言うてくれてな」

「ほう！」期せずして二人の口から嘆声があがった。

「それもまた、ええ話やな。総裁らしいと言えば総裁らしい……」

宮地は唸（うな）った。

宮地は後年、ある作家の取材を受け、こう答えている――。

「河澄は私の兄分であり、私は舎弟ですが、一度も河澄を兄貴と呼んだことがありません。河澄は兄であって親父なんです。

河澄は身体は私より小さいが、心の物差しは私の十倍も百倍も大きなもので——ものを計り、秤る人なんです。一生かかっても河澄には追いつけないでしょうが、一歩でも二歩でも総裁に近づこうと努力しているんですが……」

第六章　霹靂(へきれき)の兇弾

1

昭和四十九年八月十七日、岐阜で民族派運動に挺身する花房東洋は、浜松市の浜松市民会館において開催された『第五回正統憲法復元改正全国代表者会議並びに同静岡県推進国民大会』へ出席した。民族派の重鎮である片岡駿のお伴であった。

片岡駿は明治三十七年、兵庫県生まれ。岡山県立津山中学卒業後、黒龍会主幹・内田良平の門下生となって右翼運動に入り、昭和三年、日本青年党を結成した。

昭和六年、大日本生産党常任委員に就任し、二年後の昭和八年には帝都枢要地や官庁、政府要人襲撃等のクーデター計画で知られる神兵隊事件に連座した。

昭和十六年には、

「政府は米英との決戦を回避している。米英と妥協策をとるのは平沼騏一郎の策動に因るものである」

として平沼国務相を狙撃し検挙され、翌年、出所した。

戦後は昭和二十八年、維新運動関東協議会結成とともに常任委員となり、翌年、永井了吉らと国民同志社を結成。さらに四十五年には『日本再建法案大綱』を刊行して日本国家再建のビジョンを示すなど、右翼・民族派の論客として、指導的立場にある長老であった。

浜松市民会館での大会終了後、花房は片岡から、

「君、少しつきあってくれんか」

と言われて片岡に同行し、赴いた先が、近くの料亭であった。

そこで待っていたのが、片岡に会うため豊橋から来ていた河澄政照だった。

このとき、河澄は河合廣、高橋敏、赤尾五郎をお伴に連れてきていた。

片岡、花房ともども河澄とは初対面である。

河澄に片岡を紹介してくれたのは、名古屋地裁に勤務する林茂雄という、河澄の南京時代の会社の上司にあたる人物だった。

林は戦前の五・一五事件の主謀者で犬養毅首相を暗殺した三上卓の門下であった。

三上門下の末弟ともいえる花房からすれば、いわば兄弟子にあたった。

河澄はかねて林より、三上の弟分的な存在である右翼・民族派リーダーの片岡のことを聞き及んでおり、

「ぜひ片岡先生に会わせていただきたい」

と林に頼んでいた。

それがちょうど浜松の大会があり、片岡も東京から駆けつけるというので、

「じゃあ、ちょうどいい機会だから」

と、林が手筈(てはず)を整えてくれ、会える運びとなったのだった。

河澄にすれば、右翼運動を領導するリーダーの一人といわれる長老に、相談したいことがあったのも確かだった。

初対面の挨拶の後で、河澄はさっそくその件を切りだした。

「実は片岡先生にお会いしてどうしても御相談したかったのは、他でもありません。私のいる東海地区というのは、ヤクザ社会においても古い一家が多い分、親分が殺(や)られたの、どうしたのって年中揉めごとばかりで、非常にまとまりがよくないんです。そんなことしとったら、西や東から大組織が入ってきて、よそに奪(と)られてしまいかねない。

そこでなんとか東海地区をひとつにまとめなきゃいかんと思っとります。それがカタギの人たちにも迷惑をかけずに済む最善策です。では、そのためにはどうすればいいのか。日の丸を旗頭にして、民族派団体として大同団結を図るのが一番いいのではないか――と、私は考えとるのですが、先生、いかがなものでしょうか……」

河澄の話に、片岡は「うーん」と唸って、しばらく考えこんだ。

その黙ったままの片岡を、正面にすわった河澄がジッと見つめている。

やがて片岡は、隣りにすわる花房のほうを向いて、

「花房君、君はどう思うかね？」

と振った。

河澄の視線が、片岡から花房に移った。

花房はこのとき二十七歳。一座のなかでは最も若かった。怖いもの知らずの若さにまかせて、花房は思ったことをズバッと言った。

「任侠のかたであろうと、どなたであろうと、愛国運動されることに私は何の異論もありません。ただ、いま仰られたことで、いかがなものかと思うのは、大同団結を図るために日の丸を利用されるというのは、私にすれば、筋違い、本末転倒だと思うのですが……」

「東海のドン」と称される親分を前に、花房の発言はなかなかに思いきったものだった。

　これには河澄の隣りにすわる側近たちが色めきたった。河合、高橋、赤尾たちの表情はいずれも、

〈この小僧、筋違いやと!?　ようも吐かしやがったな！〉

　と、怒りの色も露になった。

　一方、河澄はといえば、臆することなく物を言う目の前の若者に対して、ホーッという顔になった。直後、ハタと気づいたように、

「いや、これは私が間違ってました。あなたの言う通りだ。確かにヤクザ渡世の自分らが、日の丸をかついで大同団結というのは、純粋に愛国運動に取り組んでいるあなたたちからすれば、冒瀆ととられかねないかも知れません。これは失礼しました。前言を撤回します」

　と言ったものだから、今度は花房のほうが驚いた。

　若さゆえに、言っていいものかどうか考えるより先に言葉が出てしまっていたが、花房には内心で、まずかったかなとの思いがあったのも確かだった。

　それをこの親分は、怒るどころか、こんな青二才の意見を聞きいれて、自分の非を

認め、詫びてさえいるのだ。

大きな親分だな――と、花房が感じ入っていると、

「ただし、花房さん」

河澄が再び口を開いた。

「誤解しないでいただきたい。私の憂国の情には、一片の偽りも不純なものもないつもりです。それだけはわかってほしい」

毅然とした河澄の物言いに、花房も居住まいを正して、

「わかりました。肝に銘じて」

と応えた。

固くなっている花房に、河澄は笑顔を向けて、

「どうでしょう、花房さん、私のほうがあなたより年長ではあるけれど、今後は忘年の交わりということで、よろしくおつきあいください」

と申し出た。

「こちらこそ若輩者ですが、よろしくお願いいたします」

花房も応え、以来、親子ほど歳が離れ、立場の違いがあるにも拘わらず、二人のいい交流が始まったのだった。

河澄が花房によく言ったのは、

「私のようなヤクザ者が愛国だ、尊皇だというのは、おこがましい。私の憂国の情は、あなたに托しますよ」

というもので、その民族派運動に対して、物心両面での支援を続け、花房を感激させずにはおかなかった。

2

河澄は昭和十四年、名古屋の尋常小学校を卒業後、上海の叔父を頼って渡航し、上海商業学校に入学。同校卒業後、東洋貿易会社に就職し、南京支社に配属されている。

そのとき出会ったのが、人事担当の上司・三上卓門下の林茂雄であった。

河澄は数多い少年社員のなかでも悪ぶり（わる）も半端でなく、喧嘩ざたを繰り返す番長だった。林はそんなヤンチャな少年を、同じ名古屋人としてことのほか可愛いがり、よく面倒をみた。

河澄が喧嘩をするたびに、林は、

「おい、河澄君、そんな小さなことで腹を立てたり、グチャグチャやってちゃいかんぞ。男たる者、もっと大きなことのために躰を張るべきだし、大きな夢を持って突き進んでいかにゃいかんじゃないか」

と諭し、ときには自分の師である三上卓の話をした。

河澄少年はこの林から多大な影響を受け、知らず知らずのうちに民族派的な信条を持つようになり、三上卓ファンとなった。

「男だったら大きな志を持つべきだし、また大義のために生きて死ななきゃならん」

という考えかたを、林から叩きこまれたのだ。

その間、大東亜戦争が勃発し、河澄は上海で徴兵検査を受けて蘇州二三一八部隊に入隊する。中国各地を転戦したが、日本の敗戦とともに名古屋へ復員し、荒廃した故郷を目のあたりにした河澄は、荒んだ心のままに心ならずもヤクザとなった。

が、胸底では、

「大義のために生きて死にたい」

との思いが絶えず赫々と燃えさかっていた。

年少の友人として花房を立てたのも、若き日に自分が三上卓に憧れたということもあったのだろう。

昭和五十二年三月三日、「Y・P（ヤルタ・ポツダム）体制打倒青年同盟」を名のる元楯の会隊員伊藤好雄、西尾俊一、元大東塾塾生森田忠明、大悲会会長野村秋介の四名が、東京・大手町の経団連事務局に散弾銃、日本刀を持って押し入り、常務理事や四名の人質をとって立てこもり、Y・P体制打倒、財界の営利主義糾弾を訴える事件が勃発した。世に言う〝経団連事件〟である。

事件の一報を、東京から遠く離れた岐阜で聞くなり、

「オレたちも彼らの後に続かなくてはならない。ただ単なる支持、支援ではダメだ。彼らの志を継ぎ、闘争を受け継ぎ実践してこそ真の支援というものだ。よし、何がなんでも年内にはなんらかの行動に打って出るぞ！」

と真っ先に呼応したのが、花房東洋であった。

花房は事件の翌日から準備工作を開始し、日本刀や拳銃などを入手し、猟銃所持許可も自ら取得した。

そして次のような三段階の決起計画を練った。

一、十二月八日午前九時、アメリカンクラブに散弾銃、拳銃、日本刀などを持って占拠し「血涙を以って日本国民に檄す」の檄文を撒き、当日の正午、日比谷野外音楽堂において北方領土奪還一万人集会が開催されるので、そこの同志にも檄文を撒布して呼びかける。また、これと同時刻に英、仏、ソの大使館に対しダイナマイトを投擲

する。
二、十二月二十三日午前○時、自民党総裁福田赳夫私邸及び経団連会長土光敏夫私邸にダイナマイトを投擲して「政財界首脳諸君に告ぐ」の警告文を撒布する。
三、十二月二十五日午前○時、朝日新聞本社送電室をダイナマイトもしくは拳銃を持って威嚇し、送電機能をマヒさせる。
これらを遂行するために組織された決死隊が「国民前衛隊」であった。花房が隊長となり、岐阜県下の維新団体各派より選抜された数名が隊員として編成された。「国民前衛隊」と呼称したのは、花房の師である三上卓らが戦前、五・一五事件を起こしたときに用いた名称であり、その悲願を継承するという意味からだった。

花房はこの計画遂行を期して、武器調達、同志獲得など準備工作を着々と進めていった。

だが、結果的には拳銃、日本刀、発煙筒は調達できたものの、肝腎のダイナマイトの入手が不可能となって計画変更を余儀なくされた。

十二月八日未明、「国民前衛隊」隊長の花房と隊員らは、東京の米英ソ大使館に発煙筒を投げいれ、檄文を撒く挙に出た。彼らはそのまま逃走し、次の第二弾、第三弾の決行のための潜伏生活に入った。

花房は東京、奈良、尼崎などで、同志や仲間が手配してくれた関係者宅を転々とした。およそ一週間、潜伏生活を送っているうちに、

「なんだか警察に手の内がバレてるんじゃないか……」

と、警察の捜査の手がすぐ間近に迫っているような気がしてならなかった。

実際、後で知ったことだが、ふとした勘が働いて花房が移動すると、その十分後ぐらいに警察が踏みこんできた仲間宅もあったという。

タッチの差で難を逃れたわけだった。

「うーん、やっぱり仲間内はまずいな。何か別の方策を考えないと……」

そこで花房の頭に思い浮かんだのが、豊橋の親分・河澄であった。花房は河澄を頼ることにした。

さっそく花房が電話を入れると、河澄は、

「そういうことなら、すぐにこっちに来なさい」

と応じ、豊橋のホテルを用意するという。

花房が豊橋へ赴き、そのホテルへ一泊すると、朝、四代目愛豊同志会の代行・河合廣が花房を迎えにきた。河合は、

「花房さん、やっぱりホテルというのはまずいでしょ。今日から私の家へ来てくださ

い。私のとこでゆっくりすればいいですよ」

と言うので、花房はそれに甘え、河合宅に移ることにした。

河合の家に匿われながら、花房は次の決行を準備したが、なかなか思うようにならず、五日ほど経ったとき、

「これ以上、迷惑をかけられない」

と警察への出頭を決断した。

花房は朝早く、河合に置き手紙を認め(したた)てこっそり家を出ると、そのまま岐阜中署へと出頭、銃刀法違反、火薬類取締法違反容疑で逮捕された。こうしておよそ二週間の潜伏生活にピリオドを打ったのだった。

3

昭和五十五年春、豊橋の四代目愛豊同志会(河澄政照総裁、戸塚陽望会長)、名古屋の中京浅野会(加藤満男会長)、同じく名古屋の鉄心会(高上鉄一会長)の三者が大同団結して一つになり、「運命共同会」が結成された。代表に就任したのが、河澄政照であった。

その発会式が愛知・蒲郡の三谷温泉のホテル「ふきぬけ」で執り行なわれ、地元の東海地区を始め、全国から大勢の親分衆が駆けつけた。

河澄の年少の友人である岐阜の民族派・花房東洋も、発会式に招かれた一人であった。花房はこの三年前、「国民前衛隊事件」を起こして逮捕され、裁判では懲役一年、執行猶予三年がついたが、警察へ出頭する前の潜伏中に、河澄に世話になった。そんなこともあって、さらに親交が深まっていた。

運命共同会の発会式を前にして、河澄は花房にこう言った——。

「花房さん、初めて会ったとき、若いあなたに、ヤクザが日の丸を掲げて大同団結を図るのはいかがなものか、本末転倒ではないのか——と言われました。あんときはワシも、正直言って一本とられたと思ったし、口惜しかった」

河澄の話に、花房は顔が赧(あか)くなり、背中を冷汗が流れた。若いというのは恐ろしいもんだな——と、改めて思わずにはいられなかった。

「総裁、もう勘弁してください。思い出すだけで恥ずかしくなります」

「いや、そうじゃない。あなたにああ言われたことでワシも考えたんだ。よし、それなら、日の丸抜きに東海地区をまとめよう、と。あれから六年……ワシはワシなりに頑張ってやってきたつもりだ。その一つの成果言うんかな、それが今度の『運命共同会』なんだ。だから、あなたにもぜひ見てもらいたいと思ってな」

「はあ?……」

「今度の発会式に来てもらいたいんだよ。場違いなところで申しわけないが、ぜひ出席してください」

そんな話があって、花房は「運命共同会」の発会式に招待され、三谷温泉のホテル「ふきぬけ」へと駆けつけたのだった。

祝宴は千畳敷はあろうかという大広間で催され、花房は度肝が抜かれる心地がした。なにしろ、まわりは全国から集まった錚々たる親分衆ばかりなのだ。

そんなところへ、まるで任侠渡世とは関係のない部外者で若輩者なのに、上座が用意されていた。花房にすれば、大層居心地が悪く、なるほどこれは場違いとしか思えず、落ち着かなかった。

なんとなくそわそわしていると、隣りの席に、到着したばかりの人のすわる気配があった。花房がふっとそちらのほうへ目を遣ると、

「あれっ? なんで?……」

知った人の顔を見つけ、狐につままれたような顔になった。それは相手も同じだったようで、

「おやっ、花房君、なんで君がここにいるのかね？」

とびっくりしている。

「先生こそ、どうしてここへ？」

花房も不思議でならない。相手は任俠界とは縁もゆかりもない、豊橋在住の文化人なのだ。

「ワシは河澄君とは懇意にしてるでな。彼のことは弟とも息子とも思ってるくらいだから。今日は彼に招待されたんだよ」

「へえ、そうだったんですか。こりゃ、奇遇ですね」

「花房君、君も招待されたんだな。河澄君とそういうおつきあいをしてるとは知らなんだ。けど、こいつは愉快だな」

「どうも杉田先生とはよっぽど縁があるようですな」

「いや、まったく」

二人は愉しそうに笑いあった。

男は、花房より四十一歳上の七十二歳、名を杉田有窓子と言い、豊橋在住の詩人、書家、随筆家、美術評論家として知られていた。

杉田有窓子は明治四十年、豊橋に生まれ、県立豊橋中学から青山学院神学部、明大史学科に学び、昭和六年より十三年まで大和学園、文部省維新史料局、横浜専門学校などに勤務、十三年に帰郷して家業の酒類販売の仕事に従事、二十二年財団法人光明皇后会を創立、翌二十三年東海日日新聞の前身の東三新聞を創立、三十七年美術評論「日本美術」を発刊、三十九年小山寛二と随筆誌「騒年」、また四十四年より「燕雀」を発行、十一年間続いていた。

著作も詩文集「天の窓」ほか、多数あった。

「天の窓」には、

《私はこの歳に至るまで、自ら感じ欲したすべてとは言わないが、すくなくともその大部分を実践することにおいて、いつも自己の可能性を追求してきた。私にとって、人間の生きる道は、それ以外になかったのである。飽きっぽくて粗狂の私も、このことだけは執念せざるを得なかった——》

との記述があり、作家の杉浦民平をして「反骨の豊橋人」と言わしめた。

思わぬところで思わぬ人物と出会ったことを、花房は面白がり、

「先生、酔狂ですな。赤軍派ばかりか、任侠のほうもお好きだったとは存じませんでした」

と、つい軽口を叩いた。杉田が赤軍派の重信房子ファンで自宅の床の間に「赤軍」

とのロゴ入りの赤ヘルが飾られてあることを、花房も知っていたのだ。

「いや、河澄君が好きなんだ。彼は人物だよ。私ごとき粗狂の人間を人生の師と立ててくれて、何かと心遣いしてくれるんだ。なんの、私から言わせれば、よほどこっちのほうが彼から学ぶことが多いんだがね。教養人だし、観察眼も鋭い。それに君、彼の話の面白いことといったら……」

「河澄節ですね。説得力もありますしね」

「そうそう。ともあれ、河澄君のような人物がいるんだから、任俠の世界というのも実に奥深いもんだと思ってね」

「仰る通りです。それにしても、世の中狭いですね。まさか杉田先生と河澄総裁がそんないいおつきあいをなさってるとは、夢にも思いませんでした」

「それはこっちだって同じだよ、花房君。けど、君はさすがだな。つきあう人物が実にいい」

「私から見ると、先生と総裁の共通点はひとつあります。それは他の誰より豊橋を深く愛しておられることです。河澄総裁にしても、指名手配されて他県に潜伏中のような事態でも、煙草を買うときはわざわざ豊橋へ来て買うような人だそうですから」

「ほう、そうかね。そりゃ、ええなあ」

杉田が相好を崩した。

花房はこの発会式に招かれたものの、大金の祝儀を包むことはできなかったので、代わりに心ばかりのものを用意した。

師の三上卓の作った「青年日本の歌」のテープを祝儀袋に包んだのだ。しかも、それには、三上の、

「私の友人である伊藤久男君にこの歌を歌ってもらいます」

というナレーションまで入り、三上が吹く尺八の伴奏付きという珍しいものだった。

河澄は、その祝儀を、

「これは何よりもありがたいなあ」

と、ことのほか、喜んだ。

4

「運命共同会」が誕生するきっかけとなったのは、前年秋のことだった。

仲のいい兄弟分である愛豊同志会の石田充利、水谷昭、新垣盛栄、竹内孝、それに中京浅野会の吉田義雄、小島一馬、今村一郎の七人は、兄弟会を作り、ときどき旅行

を楽しんでいた。

その秋の兄弟会の旅行は、吉良の仁吉で知られる愛知・三河湾の吉良温泉であった。

七人はホテルにチェックインすると、さっそく温泉に浸り、夜は部屋で宴会ということになった。

そこへどこでどう聞きつけたものなのか、闖入してきた三人組があった。

「おまえらばかりええことやっとんな」

驚いたのは、部屋で宴会を楽しんでいた七人であった。飛びこんできた三人は、いずれも彼らの兄貴分格にあたる男だったからだ。

愛豊同志会総裁の河澄政照、平野家一家の森島正夫、中京浅野会会長の加藤満男であった。

三人は兄弟分でこそなかったが、兄弟分同然に仲がよかった。

「総裁、どうしたんですか」

愛豊同志会の四人が呆気にとられながら河澄に訊ね、他の三人も中京浅野会会長の加藤満男に、

「会長、どうしてここへ？　何かありましたか」

と、姿勢を正して訊いている。

「いや、何もないよ。おまえらがここで宴会やっとるいうんで、オレたちも入れてもらおうと思って来たとこだよ」

加藤の答えに、皆から笑いが起き、座が再び和やかになった。

やがて宴もたけなわになるうちに、河澄や加藤から、

「どうだい、オレたちといい、ここにいるみんなといい、これほどいいつきあいをしとるんやったら、浅野会と愛豊同志会とはひとつになれるんやないか」

という話が出た。それに森島正夫も、

「だったら、いまは一本になっとるオレんとこの高上鉄一の鉄心会も入れてやってくれないか」

と応じたのだ。鉄心会会長の高上鉄一はもともと平野家一家の森島組組長森島正夫の若い衆であった。

「それはええ話だで。三社が大同団結したら無敵や。ごっつい連合艦隊ができあがるな」

「うん、それやったら、一本になるのがええ。親睦団体だったら、そんなもん、なんぼ作っても意味ないだ。いっそ代紋も統一して一本になったらええわ」

「愛豊同志会というええお手本もあるんやから、できないことはないだろ。三本の矢

の喩えもあることやし、この三社がガッチリ組みゃあ、強力なもんができあがるだろ」

「そうやな。親睦会じゃあかん。死ぬも生きるも一緒、運命共同体にせな、強い組織は生まれんて」

　あれよあれよという間に、愛豊同志会、中京浅野会、鉄心会の合併話が盛りあがっていったのである。

　かくて河澄を始め、加藤、森島、並びに七人の兄弟会は、吉良温泉から帰った後も、鉄心会の高上を交じえてたびたび会合を持った。

　そうして話を煮つめ、ついにはその構想を実現するに至ったのだった。それが運命共同会であった。

　その運命共同会の発会式へ招待された花房東洋と杉田有窓子は、たまたま上座で隣りあわせ、互いに河澄との縁を知るところとなった。

「なんだ、そういうことなら今度は三人で会おうよ」

　と杉田が提案し、花房が豊橋へ赴いた折には、杉田とともに河澄宅を訪れるようになっていた。

ときには花房が杉田宅にいると、ひょっこり河澄が迎えにきて、そのまま二人を自分の家に引っ張って行ったりしたものだ。

むろん花房が一人で多米町の河澄邸を訪ねることもあった。

河澄は酒をやらず、酒豪の花房の酒の相手をするのは、専ら代行の河合廣だった。

「うちの親分は酒も女もやらんで、ヨーロッパへ旅行したときは、私らお伴の若い者はつらかったですわ。夜になれば、ワシらはどうしても飲みにも行きたいし、女とも遊びたいですわな。ところが、親父はホテルでずっと本を読んどるだけなんですわ。ワシらかて出かけるわけにはいきまへんわな」

「そら、困りますな。総裁は読書家ですからね。どこへ行っても本が離せないんでしょ」

「若い者にすれば、異国の街で酒も女もダメいうのはつらいですわな。それでいて、うちの親父、若い者の誰よりも〝イケイケ〟で、抗争になれば一番先にスッ飛んでいくんですわ。これも困りまっせ」

花房は代行の河合が話す、その光景が目に浮かぶようであった。

若い時分、殴り込みに行ったとき、ふと気がついたら、前にも後ろにも誰もいなかったとの経験を、河澄自身から聞いたこともあった。

「命がけでやるというのは、存外そんなもんなんですな」

と言って、河澄は静かに笑ったものだった。

5

昭和五十八年六月十八日深夜、その事件は起きた。事件の発端は、カラオケの順番争いというきわめて今日的で、かつ些細なことであった。

が、それがよもや世に「中京戦争」と言われ、あり得ないような大抗争事件に発展するとは誰が予測し得ただろうか。

事件を知った河澄も、

「また、しょうもないことを……」

と苦笑し、事態をあまり重く受けとめなかった。原因がカラオケ云々と聞いていたからで、死者が出たわけでもなく、まさかの大事になるとは思ってもみなかったのだ。すぐに解決がつくものと考えたのは、むしろ当然の反応であったろう。

舞台となったのは、愛知県丹羽郡大口町のナイトパブ。同店は瀬戸一家俠神会岩本組の関係者の店であった。それを承知で、その夜、飲みに来ていたのは、運命共同会中京浅野会と大日本平和会系組員ら三人だった。

トラブルが起きたのは、三人がカラオケを歌おうとしたときで、他の客との順番を巡ってのものだった。その際、三人は従業員の態度が悪いとして彼らを殴りつけたばかりか、テーブルを壊し、椅子を蹴とばすなどの行為に及び、店は大変な騒ぎになった。

「店がえらいことになってます！　至急来てください！」

マスターがあたふたと近くの岩本組事務所に通報した。

これを受けて、すぐさま岩本組組員が十人ほどでスッ飛んできた。

「ヤロー、ふざけた真似を！」

彼らは三人組を店から連れだすと、鉄パイプで殴るなど、彼らを袋叩きの目にあわせた。岩本組の攻撃はそれだけではなお収まらず、二日後の二十日未明、今度は名古屋の中京浅野会小島組事務所に銃弾二発を撃ちこむ挙に出た。小島組は三人組のうちの一人が所属する組織であった。

それに対し、中京浅野会側もやられっ放しではいなかった。

二十六日午前零時過ぎ、愛知県津島市愛宕の岩本組事務所前に、一台の乗用車が乗りつけた。直後に「パーン！」という一発の拳銃発砲音があがり、事務所に銃弾が撃ちこまれた。車は爆発音を立てて急発進し、その場からすばやく走り去っていく。

この襲撃犯が、八日前のナイトパブの喧嘩で岩本組の連中から袋叩きにされた大日本平和会系組員と判明するのは、当人が、

「岩本組に一発ぶっ放してきたのは、このオレだ」

と、愛知県警江南署に出頭したことによる。

「どうにも腹の虫が収まらないから、やったんだ」

彼はうわずった声でまくしたてた。

「拳銃はどうした？」

「捨ててきた」

「どこだ？」

拳銃は襲った岩本組事務所近くの空き地で発見された。男は同署に銃刀法違反で逮捕されるハメになった。

同じころ、豊田市内では中京浅野会系小島組幹部が、左胸と左腕に銃弾を貫通する怪我を負い、豊田地域療養センターに収容されていた。警察の調べに対し、この四十歳の幹部は、

「なあに、銃が暴発しただけだよ」

ととぼけた。

この二日後、カラオケ事件から十日後の六月二十八日未明――。

瀬戸一家俠神会系の四十九歳の組長が、豊田市内の自宅に戻り、ベンツから降りようとしたときのことだった。

「キキー！」という鋭利なブレーキ音がこだましたかと思うと、一台の車がベンツのすぐ近くで急停止した。

車から飛びだしてきたのは、パーマをかけた赤い半袖のポロシャツ姿と、白っぽいシャツの若い男二人組だった。二人の手には拳銃が握られていた。

その銃口が自分に向けられると知るや否や、組長はとっさにいま降りたベンツに乗りこんで逃れようとした。

が、時すでに遅かった。「パーン！　パーン！」と銃声があがり、組長は腰と肩を撃たれ、車の助手席にどっと倒れた。

病院へ運ばれる前、組長は、

「おいっ、みんなに知らせろ！」

と若い衆たちを叱咤した。怪我は思いのほか軽く一カ月足らずの入院で済んだ。

この夜の愛知県下の銃声はなお鳴り止まなかった。豊田市の銃撃事件と相前後して、瀬戸市陶本町でも、雀荘二階に銃弾二発が撃ちこまれ、窓ガラスが割られるという事件が起きている。

この雀荘は俠神会の相談役である五十歳の組長が経営、組事務所も兼ねていた。また、同夜、海部郡蟹江町の俠神会岩本組系田畑組組員の自宅マンションにも実弾二発が撃ちこまれるなど、発砲事件が相次いだ。抗争は日を追って激化の様相を見せだしたのである。

愛知県警は特別捜査本部を設置して、未解決の銃撃事件の捜査にあたるとともに、関係者宅や事務所等への厳戒体制を敷いた。

瀬戸一家は幕末に端を発して、愛知県下の三大強雄と呼ばれ、歴史と伝統のある名門博徒一家だった。

その縄張りは愛知と岐阜にまたがって日本最大といわれ、勢力圏は四ブロックに分けられ、蒲郡市の三州会、名古屋市の真誠会、瀬戸市の俠神会、岐阜県下の東濃会から成っていた。

なかでも俠神会は瀬戸一家内でも有力組織の一つで、とりわけこの抗争の主役である岩本組は俠神会きっての武闘派として知られていた。

この岩本組と運命共同会中京浅野会との対立は、いまに始まったことではなく、実は三年前の昭和五十五年から始まっていた——。

6

運命共同会中京浅野会と瀬戸一家俠神会岩本組との対立は、そもそも三年前の昭和五十五年、中京浅野会が拠点を築く津島市に、岩本組が進出したことに端を発していた。

カラオケ事件の現場となった丹羽郡大口町も津島市も愛知県西部に位置しており、その周辺で、両者の縄張りが競合する形となっていた。

同年五月、組員の引き抜きをめぐって両者の間で抗争が勃発、岩本組組員が一人、中京浅野会系組員によって猟銃で射殺される事件が起きていた。

だが、このときは両者の上部団体である運命共同会、瀬戸一家ともに山口組系組織と紛争を抱えており、その進出をいかに防禦(ぼうぎょ)するかとの難題を抱えてそれどころではなく、二次抗争にまで発展しなかった。それでも、両者の揉めごとは絶えずあり、いつ抗争が起きてもおかしくない状況だった。まして一方が瀬戸一家のなかでもとりわけ戦闘的な組として知られる俠神会岩本組とあれば、なおさらであった。

いったんは津島市から撤退した岩本組が、五十七年二月、再び同市に組の看板を掲げたときから、今度の抗争は予想されていたといっていい。

「ヤロー！　舐めた真似を……」

その挑発ともとれる岩本組のやりかたに、中京浅野会側は猛反発する。

「こうなりゃ、戦争だ。ヤツらとはとことんやるしかないだろ」

岩本組にしても、それは望むところだった。二年前に身内を一人殺されていることもあって、ずっとその報復のチャンスを窺ってきたのだ。いまこそ好機到来とばかりに、彼らは勇みだった。

そうした岩本組の好戦的な姿勢に、

「おのれ、そっちがその気なら上等だ！　やったろやないか！」

中京浅野会側もいきりたった。

だが、それを抑えたのは、運命共同会代表の河澄政照であった。

「まあ、そう目クジラを立てて、事を荒だてんでもええだろ。同じ地元同士やないか。瀬戸の小林総裁とも知らない仲じゃないだ。いや、みんなも知っての通り、いいつきあいをさせてもろてる仲だでね。これからも仲良うやっていくのが、一番ええがね」

河澄は身内である中京浅野会幹部を宥めた。

中京浅野会といえば、もともと河澄の出身母体。昭和三十五年に兇弾に斃れた初代浅野大助が、河澄の最初の親分だった。

そんな縁もあって、河澄はいきりたつ中京浅野会の面々を抑えたのだ。

「ですが、代表、あいつら、これ見よがしに看板まで出しやがって……」

憤懣やるかたないという幹部を、河澄は苦笑しながら、

「まあ、彼らとて生活がかかっている。岩本組の看板は許さぬにしても、シノギぐらいは大目に見てやろうじゃないか」

と制した。そうした河澄の裁量もあって、話はついたのだった。

だが、水面下での両者の反目は依然として続き、下部同士では何かきっかけがあれば、いつ火を噴いてもおかしくなかった。

その引き金となったものこそ、カラオケのトラブルであったのだ。

それがやがて取り返しのつかない事態へと発展し、「中京戦争」と呼ばれる大抗争に至るとは誰が予測できただろうか。

そのため、後には何かにつけてマスコミから、

「発端はカラオケの順番争い」「底なしカラオケ戦争」

などと揶揄されて報道されることになるのだが、カラオケはあくまで引き金であり、その背景には何年越しの根深いものがあったのだ。

カラオケの順番争いという些細なトラブルから始まったこの抗争は、しばらく銃声が鳴り止まなかったとはいえ、やはり発端が発端なだけに、当初はそれなりに抑制が効いて、死者が出るような事態にはならなかった。

河澄とて最初は、それほどの重大事とはつゆ思わず、あまり意に介さなかった。苦笑を浮かべ、

「そんな他愛ないことなら、すぐに終わるだろう」

と高を括っていたのだ。だが、なかなか終わらない有様に業を煮やし、

「まったくしょうがねえな。そんな理由で始まった喧嘩をそれ以上長びかせるようだったら、ワシらは世間から物笑いのタネになるだ。即刻止めさせな……」

と収拾に乗りだすことになったのだ。

この運命共同会代表の河澄と、瀬戸一家八代目総裁小林金治の意を受けて、仲介の労をとったのが、稲葉地一家総裁の伊藤信男と平野家一家総裁代行の佐藤安吉の二人だった。

稲葉地一家、平野家一家といえば、中京の名門であり、この抗争の和解仲裁人とし

ては申し分のない親分であった。

そこで俠神会、中京浅野会ともども矛先を収めた。七月中旬、俠神会会長、岩本組組長、中京浅野会会長の三者が地元警察に赴き、抗争の終結を宣言したのだ。

愛知県警もこれに合わせて、両組の掃討作戦を展開した。双方の組員を、抗争や関連事件で計二十六人を逮捕、拳銃六丁を押収、取締まりを強化した。

一方、抗争の火付け役となった岩本組長は、七月十二日、責任をとらされる形で瀬戸一家からの離脱を余儀なくされた。

俠神会会長も瀬戸一家の小林総裁に辞表を出し、

「俠神会会長の座を降りたい」

と申しいれ、会長の座を降りた。

岩本組の津島市からの撤退、岩本組長はカタギになる——という和解の条件は、岩本組はもとより俠神会内部でもかなり不満が残ったといわれる。

そのため、瀬戸一家を離脱した岩本組長は、独立組織・岩本組として徹底抗戦の構えを見せた。

いったんけりがついたかに見えた抗争も、実はその余燼(よじん)が燻(くすぶ)り続けていたことになる。

7

「これはこれは小林総裁、わざわざこんなところにまでお越しいただいて誠に恐縮です。さあ、どうぞ」

七月中旬、豊橋市多米町の自宅を訪れてきた瀬戸一家小林金治総裁を玄関で出迎えた河澄は、丁重に頭を下げた。

和解調停の話しあいのために、河澄邸を訪れた瀬戸一家一行は、小林総裁以下、矢野泉、奥山照雄、梅田邦、佐藤美樹といった最高幹部の面々だった。

これに対して、彼らを出迎えた河澄側も、河合廣、石田充利、水谷昭、竹内孝、二橋文雄という愛豊同志会の最高幹部が顔を揃えた。

会談は話しあいというより、すでに稲葉地一家の伊藤信男総裁と平野家一家の佐藤安吉総裁代行とが仲裁に入って、双方の間でほぼ大筋で合意がとりつけてあったから、その確認の挨拶という意味あいが強かった。当初から和やかなムードが漂っていた。

まず口を開いたのは、七十四歳になる瀬戸一家総裁小林金治だった。

「いや、河澄総裁、このたびはうちのはねっ返りがとんだ御迷惑をおかけしてしまったようで……これも私のしつけがなっていないせいで、お見苦しいところをお見せしました。不徳のいたすところです」

と言って、詫びる姿勢さえ見せたので、あわてたのは河澄である。

「とんでもない。何を仰いますか、小林総裁、それはお互いさまですよ。うちにもできの悪いのがようけおりますから。ただ、喧嘩を〝間違い〟とはよく言ったもので、間違いは早いとこ正さなりませんから」

「その通り。しょうもないことでいつまでも世間様を騒がせるわけにはいきませんからなあ。カラオケとかなんとかって、風が悪くて敵いません。まあ、なんにせよ、終わってホッとしとります」

「ありがとうございます。私も小林総裁のような渡世の大先輩のかたに、日ごろからお引き立ていただき、いいおつきあいをさせていただいとるのに、このたびのような〝間違い〟は心苦しい限りです。もともとうちの平井一家と瀬戸一家さんとは大昔から縁があって、仲良くさせてもろとるんですから」

「ホントにそうですな。うちの始祖ともいえる近藤実左衛門と、そちらの平井亀吉さんとは戊辰戦争を一緒に戦った仲で、正真正銘の同志でしたな……」

話が思わぬ方向に展開しだし、その場の双方の幹部たちにも、微笑が浮かんできた。

戊辰戦争といったら、黒船の襲来により三百年に及んだ泰平の夢がにわかに破れた徳川の末期、幕末から明治維新にかけての話ではないか。

そのころ、東春日井郡の水野村に吉五郎と名のる渡世人がいて、その人こそ瀬戸一家の始祖とされる。尾張や三河の侠客について認(したた)めた古い文献には、吉五郎について、

《この地において賭博親分となる。一説には東濃の梅屋一家の親分某の子分なりしと云うも確実ならず。しかして吉五郎の時代には未だ瀬戸一家の名称なし。同人の子分に近藤実左衛門、井上愛吉、今村伊三なるものあり》

とある。

吉五郎は明治の初めごろ、跡目を近藤実左衛門に譲って隠居の身となり、明治十七年に死去している。

明治維新の戊辰戦争に際し、尾張藩は佐幕派を粛清して官軍側に転じ、討幕の戦いに参加した。その折に編成された尾張藩討幕軍のなかに、草莽(そうもう)隊と呼ばれる集団があった。

これは尾張藩士によって結成された正規軍ではなく、いわば民兵的な戦闘集団である。

この草莽隊は「磅礴(ほうはく)隊」及び「集義(しゅうぎ)隊」という二つの部隊から組織されていた。

このうち、「磅礴隊」は主に豪農や庄屋の子弟によって組織されたものだが、一方の「集義隊」は博徒を中心とした尾張の任俠集団によって結成された軍団であった。

実はこの「集義隊」の創設者こそ、吉五郎の跡目を継いだ近藤実左衛門にほかならなかった。

実左衛門は文政八年（一八二五年）尾張国愛知郡北熊に生まれたが、幼少から武道をたしなみ、渡世人の傍ら念流という剣法の免許皆伝を受けた剣客であった。

維新の動乱にあたり、腕におぼえのある実左衛門は博徒ながらも国事に奔走すべく、宝飯郡の侠客・平井亀吉と相はからい、子分を中心に約三百人の博徒を率いて結成したのが「集義隊」なのである。

この平井亀吉こそ、小川松三郎の跡目をとって平井一家二代目を継承した人物であった。雲風の亀吉こと平井亀吉は、清水次郎長の宿敵・黒駒勝蔵と兄弟分だった。

文政十一年九月七日生まれの平井亀吉は、明治二十六年三月二十四日に病歿（びょうぼつ）している。享年六十五。戒名は要義院大乗法雲居士だった。

実左衛門は「集義隊」の下取締役として戊辰戦争に従軍し、戦役中のなかでも最も激しい戦が展開された北越地方を転戦して砲煙弾雨をかいくぐって奮戦した。

その戦功は後に「徒士席十石」の封禄を授与されたことからも想像できよう。

ただ、実左衛門はこのときの出征に際して、留守を今村伊三に預けたのだが、その間、一家では内紛が起こっている。

伊三より渡世歴の古い井上愛吉がこれに不満を抱いたのだ。流血抗争にまでは至らなかったが、この拮抗が北熊一家と瀬戸一家とに分かれるきっかけとなった。

北越戦争から帰った実左衛門は、それまでの吉五郎一家を名のらず、居住地名をとって北熊一家と称した。

一方、井上愛吉は実左衛門と袂を分かち、本拠を瀬戸に置いたことから瀬戸一家を名のり、その初代となったのだった。

――そうした昔話が、ざっと百年以上もの時代を降って、河澄、小林というそれぞれの一家を継承した者によって語られているのだから、居あわせた幹部たちにとっては、なんとも愉しい会談となった。

もはや手打ちの話しあいなど必要なかった。いつのまにか座はすっかり和んだものとなり、手打ちは成立したも同然の雰囲気になっていたのだ。

8

昭和五十八年七月二十五日、河澄が豊橋市魚町の愛豊同志会本部事務所へ顔を出すと、

「あっ、総裁、お久しぶりです」

と挨拶してくる者があった。

「おっ、中川先生、来とったんか」

河澄もうれしそうに相手を見た。

稲葉地一家豊橋支部長の中川功であった。ヤクザ渡世ばかりでなく、だいぶ前から民族派運動に取り組んでいる中川に対し、河澄もまた「先生」の尊称で呼ぶようになっていた。

「そういえば、ここんとこずっと会っとらんかったねえ。一カ月も会わなんだじゃないかね」

二人は応接室のソファーに向かいあってすわった。

「そら、無理ないだ。河澄総裁が事務所へ顔を出してる暇がないほどお忙しいからで

すよ」

「うん、まあ、ここんとこずっとゴタゴタが続いとったから」

いわずもがな、中京浅野会と瀬戸一家侠神会との抗争事件を指していた。

「いっときは愛知のほうで随分派手な音があがっとったようですが、総裁も何かと御苦労されて……で、終わったんですか」

「うん、お陰さまで話はついた。この間、瀬戸の小林総裁がワシの家に来てくれたでな、今度はワシがその返礼で、蒲郡の小林総裁のお宅へお伺いすることになっとるだ」

「へえ、いつですか」

「明日だ。明日、小林総裁を訪ねるだ」

「え、明日ですか。そうですか。話がついて何よりです。もう何もないとは思うだが、総裁、何があるのかわからんのがこの世界、くれぐれも最後までお気をつけてくださいよ」

「うん、ありがとう。中ちゃんとは何度も修羅場をくぐり、死線をくぐってきた仲だでね、生きるか死ぬかって思いをしたあのころに比べれば、いまは何ほどのこともないだ」

昔に返ると、「中川先生」の呼び名も、つい「中ちゃん」に変わっていた。

河澄が七年の懲役に服すことになった吾妻屋事件のときも、宿敵の浪崎重一を討つため一緒に吾妻屋に殴り込んだメンバーの一人が中川だった。

「吾妻屋事件のころは、総裁もワシもまだ若くて弾けとったですな。お互い三十そこそこ、威勢がよかった」

「吾妻屋のときもそうだが、いま思えば、中ちゃんにはワシもいろいろ助けてもらったでね……」

「何を仰いますか。助けてもらったのはワシのほうですがな。私がいまあるのも総裁のお陰です。吾妻屋のときは、前の晩、総裁と一緒に飲んだ水盃ならぬウィスキーの味が忘れられません」

「そんなこともあったなあ……」

中川と話しているうちに、河澄はハッと我に返った。いくら昔からの、ともに躰を張った仲間と久しぶりに顔を合わせたからとはいえ、今日はなんでこんなに古い話が思い出されるのだろう——と、内心で苦笑せざるを得なかった。もうワシもあの世が近いのかな、とも思うのだ。

中川もこの日のことを後で振り返るたびに、何か虫の知らせとでもいうべきものだったのだろうか――と思わずにはいられなかった。そうでなければ、吾妻屋事件の話など、あんなときに出てくるはずもあるまいに――と。

翌七月二十六日、河澄は河合廣、高橋敏、赤尾五郎らを従えて予定通り蒲郡の小林金治邸へと赴いた。

その話しあいを終えて、河澄が数寄屋造りの小林邸を出たのは正午二十分過ぎのことだった。

玄関を出るなり、河澄は空を仰いだ。梅雨明けの抜けるような青空が広がっており、目に眩しかった。夏の日盛りを浴びているのに、五井山の麓とあって、空気は清々しく爽やかだった。

「ええ天気になったもんだで。まるでワシらの心持ちのようだ」

河澄が言うのに、小林もニッコリとうなづいて、

「今日は遠くから御苦労さんでした。互いにいい日になりましたな」

と応えた。

「ホンマですなあ。小林総裁には、なんとお礼を申してよいか……」

周囲に広がるみかん畑に目を遣りながら、河澄は小林の後を歩きだした。

一歩一歩大地を踏みしめるようにして歩く河澄の姿は、小柄ながら堂々としていた。

どんな試練が立ちはだかろうとも、悉く打ち破ってきたそれまでの人生のように。すぐ目の前にどれほどの困難が待ち構えていようと、河澄は逃げることなく戦い、前へ前へと歩み続けてきたのだ。これからもその姿勢は変わることはないだろう。

〈ワシは最後の仕あげをやらなならん。もう少しだ……〉

いよいよあと一歩のところまで来ていた。

あたかもそこへ向かって進むかのように、河澄は力強く足を踏み出した。生涯の最後となる一歩を――。

嗚乎
　河澄雅兄大人
霹靂ノ兇彈巨星墜ツ
任俠道界浪漫ノ士篤
ク服ス列伝遊俠ノ訓
深ク学ブ人間教養ノ

大横臥俄カニ覚エテ
語発セント欲シ額ニ
吻シ頭ヲ抱イテ流涕
ニ委ヌ謙抑律義烈氣
ヲ匿ス河澄節消エテ
街巷虚ロナリ
杉田有窓子

解説

花房東洋

旧知の畏友、山平重樹から「撃攘　『東海のドン』平井一家八代目・河澄政照の激烈生涯」が文庫本になるから「解説」を書いてくれ、との依頼の電話があった。

僕は〃物書き〃を業（なりわい）としていないド素人である。それを流行作家・山平重樹の著書、ましてや天下の徳間書店に解説を書くほど、身の程知らずではないし、古稀を過ぎてから、世間に赤ッ恥を晒したくない、と言下にお断りした。

それでも「河澄政照」を知っているのは君しかいない、書くのが「河澄政照」への供養だ、と言われた。それで妙に納得して、己の不敏を顧みず、お引き受けした次第である。考えてみれば、山平に十数年前「河澄政照」を題材に実録小説を書いたらどうか、と勧めたのは僕である。その因縁からしても僕が「解説」を書くのは相当であろう、と覚悟を決めた。

覚悟を決めたのはよいが、徳間書店の編集部から送られてきた本書のゲラ刷りを見て驚いた。僕が書こうと思っていたことが、全て書かれているのだ。僕がネタを提供したのだから、当然といえば当然である。そんな訳であるから、本書と重複する記述もあろうかと思うが、その点はご容赦願いたい。

さて、言い訳がましい前口上は、これぐらいにして本稿に移ることにする。

昭和五十六年七月二十六日、本書の主人公・河澄政照の突然の訃音に接した僕は、咄嗟にこの句が思い浮かんだ。

白菊の　白が溢れて　とどまらぬ

マスコミの偏向報道を糺すため、朝日新聞社長室で壮絶な拳銃自決をした盟兄・野村秋介（一九三五〜一九九三年）の句である。屹立して咲く野の白菊が突如、姿形を失うことなく斃（たお）れゆくが如き様を思えば、悼むとて悼み切れないものがある。まさに一九四八年、兇弾に斃（たお）れたガンジーの殉難死を想起させる河澄の急逝であった。

河澄と僕の出会いは、（本書と重複するが、しばらくお付き合い頂きたい）昭和四十九年八月一日、愛国陣営の重鎮・片岡駿（一九〇四〜一九八二年）に随行して静岡県浜松市で開催された「全国復元憲法代表者会議」に参加したときであった。河澄は、名古屋地裁に勤めていた知人を通じて、片岡に面会を求められた。その頃、地元の任俠団体・愛豊同志会総裁であった河澄の要件は「日の丸を旗頭に、東海地区の任俠団体の大同団結を図りたい」との相談であった。片岡から僕に意見を求められたので、

「任俠の人が愛国運動をされることに異論はありませんが、大同団結を図るために、日の丸を利用されるというのは、本末転倒ではないでしょうか」

と述べた。河澄は一呼吸おいて、

「これは私が間違っていた。あなたの言う通りだ。前言を撤回します。しかし、私の憂国の情がいつわりではないことだけはわかってほしい」

と、僕の如き若輩の意見を謙虚に受け止めて頂いたのである。

その後、「運命共同会」という任俠団体の連合体を組織され、愛知県蒲郡市にある「ふきぬけ」というホテルの千畳敷の大広間で披露宴が開催された。東海地方はもとより、全国の親分衆が集まる中で、僕を上座にすわらせ、

「あのとき、あなたに言われたときは心底悔しかった。だから、どうしてもあなたには今日の披露宴を見てもらいたかったのです。日の丸の力を借りなくても、私はやりましたよ」

と仰(おっしゃ)った。河澄のどこまでも虚心坦懐な姿勢に恐懼(きょうく)したものである。以来、「私のようなヤクザ者が愛国だ、尊皇だというのは、おこがましい、私の憂国の情は、あなたに託します」と言われて、僕の運動に対し、陰になって一方ならぬ応援をしてくださっていた。僕が岐阜に青少年修養道場「大夢館」を建設するときも、物心両面にわたり、多大な侠援を頂いている。

本書の巻末に掲げられた詩「嗚呼河澄雅兄大人」は、河澄が師とも父とも敬慕した同郷・豊橋の名士・杉田有窓子（一九〇七〜一九八五年）の河澄への哀悼の詩である。

嗚呼河澄雅兄大人

霹靂ノ兇彈巨星墜ツ
任侠道界浪漫ノ士
篤ク服ス列伝遊侠ノ訓
深ク学ブ人間教養ノ大
横臥俄カニ覚エテ語発セント欲シ

額ニ吻シ頭ヲ抱イテ流涕ニ委ヌ
謙抑律義烈氣ヲ匿ス
河澄節消エテ街巷虚ロナリ

僕なりに意訳すれば、次のようになる。一夜の嵐に散るごとく、東海の雄であった君は兇弾に斃(たお)れた。君は任侠の世界にあって浪漫の士であった。「史記游侠列伝」を愛誦し、その訓えを深く学び、人間としての教養も大であった。横臥する君を見て何も言えず、君の額に口吻(くちづけ)し、頭(こうべ)をかき抱いて流涕した。その額の冷たさは死ぬまで忘れないだろう。自分を日陰者と謙抑(けんよく)し、律儀に分を弁(わきま)え、反骨の烈気に燃えながら持ち続けた任侠道への捨身の覚悟。そこから発する巧妙な「河澄節」が消えて、東海の任侠界はどうなっていくのだろう。

杉田については、本書に詳しいので割愛するが、杉田ほどの人物が「額に口吻し頭をかき抱いて流涕」し、「その額の冷たさは死ぬまでわが唇に残るであろう」と言わしめた河澄という侠客の激烈な生き様・死に様は如何ほどのものか、本書は全てを語り尽くしている。

因みに、杉田のご子息には国際的ピアニスト・杉田谷道や名テレビプロデューサー・杉田成道がいる。成道はフジテレビ「北の国から」シリーズの演出家・「最後の忠臣蔵」などの映画監督・日本映画放送代表取締役社長・日本映画テレビプロデューサー協会会長として知られている。五十七歳にして三十歳下の女性と結婚、四児をもうけ、七十七歳の現在も公私共に活躍されている。彼の運営する時代劇専門チャンネルで、僕の企画監修した映画「輪違屋糸里」（原作・浅田次郎）が放映されたのも、何かの縁であろう。

杉田がそうであったように、思想界・教育界に明浄の大光明を投じた森信三（一八九六～一九九二年）にしても、河澄との一夜の邂逅で、

「河澄という人の相は、宗教家とか思想家において稀に見られる貴重な相である。私がもし女ならば二号や三号とは言わないが、せめて九号か十号ぐらいにしてほしい」

と言わしめたことは、本書にもある通りである。

男が男に惚れるというのは、こういうことであろう。天下超一流の士・杉田や森をここまで惚れさせた河澄の人間的魅力は計り知れない。

河澄の真骨頂を語るには、本書の「三代目山口組の田岡一雄組長の死後の件（くだり）」に書かれている。田岡三代目が世を去り、跡目問題など山口組が内部的に混乱を来たしているとき、関係筋から東海勢力の大結集の旗頭になるよう切に勧めを受けた河澄曰く、

「それは自分の年来の望みではあるが、他人の弱味につけ込んで、その挙に出るのはわが主義に反する」

と辞退した。これは武田信玄の死に乗じて、甲斐に攻め入らなかった上杉謙信の義に倣うもので、現実に処する理想主義の鑑（かがみ）であろう。

河澄が兇弾に斃（たお）れる約一カ月前、豊橋市大岩町北山にある杉田有窓子の居宅「燕雀山荘」で、杉田・河澄・僕の三人が久しぶりに顔を合わせた。

僕は、この山荘を訪ねると、先ず眺望のよい御影石造りの風呂に入るのが常であった。僕が、ひと風呂浴びて居室に戻ると、河澄射殺の発端となったカラオケ事件について、河澄が語っていた。席に着いた僕に向かって、

「ヤクザというのは馬鹿なものでしょう。いい大人がマイクの取り合いで命のやりとりまでするのですから」そして「ヤクザの世界がつくづくイヤになりました。人里離れたところで柿畑でもして暮らしたいですよ」

とこぼされた。杉田が言うように、この人もまた、出離（しゅつり）の気持ちを、絶えず一隅に抱いていた人であった。今頃、天上に念願の柿畑を作り、杉田や森相手に「河澄節」を心ゆくまで談じていることだろう。

本書では、河澄の代行を務めていた河合廣については余り触れられてない。この河合ら、河澄を語るとき、忘れてはならない人物がいるので、最後に特筆しておく。河合は河澄より年長で、渡世の上でも古株であったが、自分より若い河澄に惚れ込み、最期まで女房役に徹していた。河澄が襲撃されたとき、同行していたため、護衛できなかった誹り(そし)を一身に受け、一言も弁明せず、事後処理と組織固めに努めた。そして、その責務を全う(まっと)した上で「わが人生に悔いなし」の言葉を残し、見事に割腹自殺を遂げた。また、河合と同じく随行していた高橋敏も、その義命を遂行して、河澄の墓前で拳銃自殺を果たしている。

河合廣、高橋敏、この二人の不動の忠誠心を讃え、御霊安かれと祈念し、ここに銘記する。

（映画プロデューサー）

二〇二一年八月

この作品は「実話時報」２００９年10月号～２０１１年３月号に連載された実録小説「撃攘　東海のドン・河澄政照の激烈生涯」に加筆修正したものです。なお、本作品は事実をもとにしたフィクションであり、組織名や役職は当時のものですが、一部の人物を仮名にしています。

徳間文庫

撃攘(げきじょう)

「東海のドン」平井一家八代目・河澄政照の激烈生涯

2021年9月15日 初刷

著者 山平重樹(やまだいらしげき)
発行者 小宮英行
発行所 株式会社徳間書店
東京都品川区上大崎三―一―一
目黒セントラルスクエア 〒141―8202
電話 編集〇三(五四〇三)四三四九
販売〇四九(二九三)五五二一
振替 〇〇一四〇―〇―四四三九二
印刷
製本 大日本印刷株式会社

ISBN978-4-19-894676-0 (乱丁、落丁本はお取りかえいたします)